何以为名

MY
NAME
IS
WHY

[英]莱姆·西赛(Lemn Sissay) 著　王梓涵 译

MY NAME IS WHY Lemn Sissay,2020
Copyright licensed by Canongate Books Ltd.
arranged with Andrew Nurnberg Associates International Limited
Simplified Chinese edition copyright 2025 Beijing Alpha Books. CO., INC
ALL RIGHTS RESERVED.
版贸核渝字（2023）第040号

图书在版编目（CIP）数据

何以为名 ／（英）莱姆·西赛著；王梓涵译.
重庆 ：重庆出版社，2025. 5. -- ISBN 978-7-229
-19245-7

Ⅰ．I561.55
中国国家版本馆CIP数据核字第20246153Z8号

何以为名
HE YI WEI MING
［英］莱姆·西赛　著　王梓涵　译

出　　品：华章同人
出版监制：徐宪江　连　果
责任编辑：朱　姝
特约编辑：陈　汐
营销编辑：史青苗　刘晓艳　冯思佳
责任校对：王晓芹
责任印制：梁善池
装帧设计：郑力珲

重庆出版集团
重庆出版社　出版
（重庆市南岸区南滨路162号1幢）
北京华联印刷有限公司　印刷
重庆出版集团图书发行有限公司　发行
邮购电话：010-85869375
全国新华书店经销

开本：880mm×1230mm　1/32　印张：6.875　字数：146千
2025年5月第1版　2025年5月第1次印刷
定价：52.00元

如有印装质量问题，请致电023-61520678

版权所有，侵权必究

献给

叶默谢特（Yemarshet）、查海沃克（Tsahaiwork）、特古斯特（Teguest）、梅赫特默（Mehatem）、吉道伊（Giday）、阿比尤（Abiyu）、米米（Mimi）、伍莱塔（Wuleta）、凯瑟琳（Catherine）、戴维（David）、克里斯托弗（Christopher）、萨拉（Sarah）和海伦（Helen）

人生中最重要的两个日子，一个是出生的那一天；另一个是明白自己为什么出生的那一天。

——作者不详，传闻是马克·吐温（Mark Twain）

前言

14岁那年,我把自己名字(我以为那是我的名字)的缩写文在了我的手上。这个文身如今依然存在,但其实那并不是我真正的名字。它时刻提醒着我:我之前待在一个我绝不应该去的地方,我也并不是我心中以为的那个自己。当局早就知道这一点,我自己却不知道。

自我出生那天起,当局就一直在写关于我的报告。我人生中迈出的第一步,伴随着的是打字机的咔嗒咔嗒声:"这孩子正学走路呢。"在打字机的咔嗒咔嗒声中,我这辈子说的第一句话也被记录下来:"这孩子会说话了。"敲击键盘的手指悬停在打字机之上,等待着接下来发生在我身上的事:"这个孩子正在适应。"

一页页纸从打字机里被抽出来,然后整理成文件,随后一份份文件被塞进文件夹,又被放进高高的金属文件柜内标有字母"S"的那一栏。18年来,这个过程一遍又一遍地重复,咔嗒、咔嗒、咔嗒。秘密会议开始了。那些文件夹被拿了出来,放在桌面上,桌子旁边坐着来自当局的男男女女。然后这些人作出决定:把他安置在这儿,再把他挪到那儿。我们要试试给他用药吗?试试这种药,再试试那种药。经过18年的实验，当局把我扔了出来。我身后的门被牢牢锁上，所有的文件都被藏在一个名叫铁山（The Iron Mountain）的数据公司里。

于是我给当局写信，并亲手把信寄了出去。他们回复我，我得联系客户服务部，于是我又写信给客户服务部。客户服务部回复说，他们无权公开那些文件。当局把我移交给不胜其任的寄养父母抚养。这变相地囚禁了我。我被从一个机构转移到另一个机构。那个时候，18岁的我，没有历史，没有证人，也没有家人。

2015年，在经历了30年的斗争后，我终于找到了我的档案记录，威根（Wigan）议会的首席执行官唐娜·霍尔（Donna Hall）给我写了一封信，说我的档案在她那里。几个月里，我陆续收到了四个厚厚的文件夹，上面分别标注了字母"A""B""C"和"D"。咔嗒、咔嗒、咔嗒。看了那些记录，我便明白过来。

于是我把当局告上了法庭。

一个政府是如何偷了孩子，并把他囚禁起来的呢？他们如何保守了这个秘密？这个故事将解答一切。它是为我的兄弟姐妹而写，也为我的父母，我的叔伯姨婶，以及所有的埃塞俄比亚人。

目录

前言 / I

奥斯本路 2 号 / 001

第一章 / 002

第二章 / 010

第三章 / 017

第四章 / 024

第五章 / 028

第六章 / 031

第七章 / 034

第八章 / 040

第九章 / 043

第十章 / 046

第十一章 / 049

第十二章 / 054

第十三章 / 061

伍德菲尔兹 /065

第十四章 / 066

第十五章 / 074

第十六章 / 082

第十七章 / 087

第十八章 / 091

格雷戈里大道 / 097

第十九章 / 098

第二十章 / 103

第二十一章 / 110

第二十二章 / 115

第二十三章 / 120

第二十四章 / 123

第二十五章 / 130

第二十六章 / 140

奥克兰兹 / 145

第二十七章 / 146

伍德恩德 / 167

第二十八章 / 168

第二十九章 / 182

第三十章 / 193

终章 / 204

致谢 / 205

我是个鲁莽的人，

有着满腔热血和一身蛮力，

掀不起什么波澜，

却始终屹立不倒。

奥斯本路 2 号

"你是我的阳光,是我生命的阳光,当我忧伤时,你使我快乐……"我相信她唱的是真的。

第一章

在失与得中醒来，
散落的文件留在空空的地上，
霜冻的土地上满是冰冻的树叶，
结了霜的钥匙插在冰冻的门上。

18年的记录全然由陌生人而写。我所有疑问的答案都在这儿了。也许吧。然而，我很害怕自己身上的一个个谜团被解开，也害怕它会揭露那些因被当局委托而照顾我的人的真容。哪些是真相，哪些又是谎言？也许我曾经被爱过。也许我母亲不想要我。也许一切都是我的错。也许那个浴缸里的水龙头并没有通电。也许我得了虚假记忆综合征。

收到当局寄来的档案后，我的一个朋友立刻将文件烧成了灰；另一个朋友直到今天也不敢看自己的档案；而我选择把自己收到第一份早期档案后的反应记录下来。

让我们一起来揭开谜团，看看事情是如何展开的吧。

这是一份来自利物浦道德福利委员会的福利院（Liverpool Board of Moral Welfare）——圣玛格丽特之家（St Margaret's House）的证明材料，大意为：

> 本人在此证明莱蒙（姆）·西赛（Lemion Sissey）没有传染性疾病。
>
> 注册护士：L.温纳德（L.Winnard）

圣玛格丽特之家是一个为未婚母亲设立的机构，隶属于利物浦道德福利委员会。1967年6月30日，注册护士L.温纳德写了一份证明，证实"莱蒙（姆）·西赛没有传染性疾病"。在同一天的另一份记录中，她还写下了关于这个6周大的婴儿的一些基本情况——此时"莱姆·西赛"（Lemn Sissey）的体重是9磅。

这是一份字迹有些模糊的文件，大意为：

> 该婴儿姓名为莱姆·西赛，6周大。出生日期为1967年5月21日，出生时体重为6磅，记录日期为1967年6月30日，当日体重为9磅。

随后的文件中记录着我6个月大时的情况，但从始至终都没提到我的母亲。

这是一封由英国著名儿童慈善机构巴纳多之家（Dr.Barnardo's）写给儿童事务官诺曼·戈德索普（Norman Goldthorpe）的信，信中写道：

> 亲爱的戈德索普先生：
>
> 鉴于贵部门认为我们的收养部门有可能接收了一个埃塞俄比亚和希腊混血的婴儿，我们收养部门的高级官员已致信要求我们提供关于这个孩子的全部信息，特别是这个孩子的背景资料，并详细说明他拥有埃塞俄比亚血统是否意味着他是一个黑人。
>
> 此致！
>
> 助理执行官 O.W. 伍兹（O.W.Woods）

接下来是我的一张照片。

照片的背面写着：诺曼·西赛（Norman Sissay）。

就这样，我的名字被改成了诺曼·西赛。我应该有一部分希腊血统。一个收养机构询问"拥有埃塞俄比亚血统是否意味着他是一个黑人"。这是我第一次看到自己被叫作"诺曼·西赛"。

这是一份有儿童事务官签名的寄养儿童资料，资料大意为：

> 该名儿童名为莱姆·西赛，1967年5月21日出生。母亲是埃塞俄比亚人，父亲可能是希腊的新教教徒。

他们写这封信的时候，我已经快 8 个月大了。在英国，未婚先孕的女性都被安置在像圣玛格丽特之家这样的母婴救助机构里，这种机构唯一的目的就是得到这些母亲生下的孩子，再把她们遣送回家。这些机构会声称只是让她们暂时离开一段时间，好好休养。这些女性原本就青涩懵懂，其中的很多人甚至不明白"收养"这个词的含义。她们签署正式的收养文件后就被送回了家，她们的孩子却会被留下来。她们失去自己的第一个孩子之后肯定既震惊又困惑。我在网上找到了一些住在圣玛格丽特之家附近的人，看到了他们的证词。

那个地方很诡异，让人毛骨悚然。

我还记得我当年在比林格医院的产科病房待产时，看到一个来自圣玛格丽特之家的年轻女孩。她也在那里待产，其间唯一前来探望她的是一个年轻的女社工。和孩子分离的那天，她哭着被送上一辆车，她的孩子则被另一辆车匆匆带走了！

我的母亲不愿与戈德索普签署正式的收养文件。于是戈德索普不顾她的反对，把我交给了长期"寄养父母"——戴维·格林伍德（David Greenwood）和凯瑟琳·格林伍德（Catherine Greenwood）夫妇抚养。

这是一份来自威根郡级市儿童事务部的领养协议。协议中写道:

我们——格林伍德夫妇,家住贝里市(Bury)安斯沃思斯温顿街区68号,于1968年1月3日从威根郡级市议会(以下简称"议会")领养男婴诺曼(莱姆)·西赛。该婴儿出生于1967年5月21日,宗教信仰为新教。我们将领养此婴儿作为我们家庭的成员,并保证遵守以下协议:

我们会将诺曼视为我们自己的孩子,并将他抚养长大。

我们会鼓励他信奉自己的宗教。

我们会照顾他的身体,当他生病时会及时送其就医,并按照议会的要求允许其在指定的时间和地点接受医疗检查。

如发生任何对孩子有重大影响的事件,我们会立刻通知议会。

我们会随时允许国务大臣或议会指派的人员来访,并看望他。

我们愿意按照议会指派人员的要求,允许他离开我们的家。

如果我们搬家,我们会在搬离之前将新住址告知议会。

戴维·格林伍德
凯瑟琳·格林伍德
1968年1月3日

当时我才出生228天,实际上,我在150天大的时候就已经跟我的寄养父母在一起了。多年后,他们告诉我,当时医院里只有我一个婴儿，因为没人愿意领养一个"有色人种"婴儿。他们说他们是在向上帝祷告之后选择了我，而我的生母不想要我了。

戈德索普先生坚持叫我诺曼，诺曼是"北方人"的意思。但寄养父母想根据《马可福音》叫我马可，他们的姓氏是格林伍德，所以我的全名就变成了诺曼·马可·格林伍德（Norman Mark Greenwood）。但当局并不承认我寄养父母给我起的这个名字，所以在我的档案里，我的名字仍是诺曼·西赛，而寄养父母不承认当局给我取的名字，依然叫我诺曼·马可·格林伍德。我也不知道这有什么不同，只是感觉他们就像是在抢地盘。但是，由于我的母亲没有在正式的收养文件上签字，所以当局是不能正式收养我的。

我的母亲当时肯定处于人生中最脆弱的阶段，她怀着身孕，独自一人在异国他乡短暂求学。她就读的大学在英格兰南部，由于她未婚先孕，学校便把她送到了英格兰北部的圣玛格丽特之家。

这种机构就是育婴农场。母亲是大地，而孩子就是庄稼，教会和国家是农夫，收养家庭是消费者。当局认为我的母亲会把我生下来并签署正式的收养文件，但她没有这么做，也不愿这么做。

有证据表明，20世纪60年代的英国，在针对未婚母亲的全国性运动中，人们常利用各种胁迫手段和其他阴谋诡计让弱势女性签署收养文件。这一点在2013年的电影《菲洛梅娜》（*Philomena*）中得到了充分体现。

我的母亲明白"收养"这个词意味着什么，所以她当然不会签字。但她的父亲，也就是我的外公，当时在埃塞俄比亚病危，所以她别无选择，只能撇下我，独自返回故土。我的名字被改了，寄养父母的身份也被隐藏起来，所以即使她想找我，成功的希望也很渺茫。

在我三岁半的时候，当局通过我母亲在埃塞俄比亚的教会给她寄去了一份通知，指出"在当局看来，这个孩子的父母已经抛弃了他，因此莱姆·西赛的父母所拥有的一切权益和权力都归英国地方当局所有"，这份通知还指出，"如果收信人反对该通知上的决议，可在本通知送达后一个月内向议会送达书面通知，该决议将在反对信送达 14 天后失效……"

她有一个月的时间对通知提出异议，接下来她将有 14 天的时间将当局告上法庭。她必须向法庭证明她是位称职又合格的母亲。通知大约需要一个月才能送到埃塞俄比亚，而反对信又需要一个月的时间才能寄回来，当时并没有从亚的斯亚贝巴（Addis Ababa）直飞伦敦的航班，因此我母亲必须从亚的斯亚贝巴飞到雅典，再从雅典飞到伦敦。在规定的期限内做到这些是不可能的，所以这完全就是个圈套。

当局全靠带有偏见的假设行事，丝毫不进行调查，因为下达这种通知具备一个前提，即假设母亲不想要这个孩子，或者不适合抚养孩子。

这是威根郡级市当局寄给我母亲叶默谢特·西赛（Yemarshet Sissay）女士的一份判决书，内容如下：

在此通知收信人，威根郡级市市长、市政官和市议员根据地方当局议会（以下简称议会）规定，于1970年12月2日星期二作出以下裁决：

"根据1948年《儿童法》（Children Act）第2款第（1）b条和1963年《儿童和青少年法》（Children and Young Persons Act）第48款第（1）条，莱姆·西赛的父母所拥有的所有权益和权力均归属于地方当局，该当局认为莱姆·西赛的父母已遗弃该儿童。"

收信人是上述婴儿莱姆·西蒙的母亲，因此根据1948年《儿童法》第2款第（1）b条和1963年《儿童和青少年法》第48款第（1）条，如果收信人反对该通知上的决议，在本通知送达后一个月内向议会提交反对本裁决的书面通知，则该决议将在反对信送达14天后失效。若议会在该段时间内向少年法庭提出申诉，那么，法庭在聆讯该申诉后有权命令该项决议不得失效。

此裁决判定日期为1970年12月2日。

在没有生母且不知道她是谁的背景下，我的故事就这样缓缓展开。

第二章

终有一天，我要建一座大使馆，
在你心里；
我心里也有一方土地，
请你也建一座吧，在我心里。

我和格林伍德夫妇一起住在奥斯本路2号，每年夏天都有燕子在那所房子的屋檐下筑巢。那是一栋半独立的房屋，房子正面是砂岩的，有一面陡峭且坚固的红砖山墙，与左侧的鹅卵石街道齐平。房前的花园里恰好有一棵巨大的金链树，枝丫从左下角斜伸出来。谷歌词典上说金链树是"一种源自欧洲的小型树种，树上会倒垂下一簇簇黄色的花，随后会长出细长的豆荚，里面的种子有毒性。它木质坚硬，可当作乌木的替代品。"

我们在花园里种了玫瑰，在右边铺了一条小路。我们的房子和隔壁的房子是对称的，楼上和楼下都有巨大的飘窗。与鹅卵石街道平行的屋后面对着威根路，那条路上有一个大公园。而房子前面，越过金链树，穿过奥斯本路，是花儿公园。

市场街上有一家药店，里面有两名医生，还有一家面包店和一家肉铺，我们经常在周六去那两家店买东西。此外，街上还有初级学校、一所文法学校、一所综合学校，以及一家鞋店。我妈妈凯瑟琳·格林伍德的第一份工作就是在那家鞋店打工，后来她成了一名护士。这是一个小镇，镇上遍布着于不同时代开发建造的住宅区，这些住宅区被一个个公园隔开。镇上没有河，唯一有水的地方是浸信会教堂讲坛前地板下的洗礼池。

我们每周三和周日都去布林浸信会，我们隐没在人群中，忘我地沉浸在人们吟唱的赞美诗中。我们的朋友和家人都在这里。我们虔诚地祈祷，在早餐时祈祷，在午餐时祈祷，在晚餐时祈祷，在入睡前和醒来后也祈祷。世上有善也有恶，我们周遭有天使也有恶魔。天地间有光明也有黑暗，有白昼也有夜晚，有黑也有白。

梅克菲尔德选区的阿什顿（Ashton）看上去只是兰开夏郡（Lancashire）的一个平淡无奇的小镇，就连街道的名字也十分简单直白：叫利物浦路的通往利物浦（Liverpool）；叫威根路的通往威根；叫布林路的通往布林（Bryn）；市场街，顾名思义，就是市场的所在地。地狱之路通往地狱。当你在田野间飞驰而过时，隐匿在视线之外的，是连接曼彻斯特（Manchester）和利物浦的东兰斯路，总是有车在这条喧嚣的路上急速驶过。

阿什顿是一个乐园——那些商店的门一打开就会发出声响；送奶工在送奶车上吹着口哨；老人们头戴鸭舌帽来来往往；马车在周六清晨的薄雾中驶过；收破烂的人用三种不同的音调高声吆喝着"收

破烂——",听起来就像教堂的钟声。

文件中有如下记录:

> 诺曼是一名十分健康的婴儿,居住于此处,他的寄养父母对他视如己出。他是个很可爱的孩子,脸上总是带着幸福的笑容,他还有一双迷人的大眼睛。不用说,每当这孩子被带出门时,都会吸引不少人的目光。
>
> 诺曼的生活很有规律。他每天晚上6:00到6:30之间上床睡觉,次日早上8:00左右起床,通常会一觉睡到天亮。他的胃口也很好,饭量大,不挑食,偶尔会有肚子不太舒服的时候——通常是因为太热了。我去探访的那天,天气骤变,诺曼有些不高兴,但很快就没事了。他喜欢睡前喝一瓶奶。
>
> 目前诺曼的状态很好,看起来很开心。他是个容易满足的孩子,也很聪明,一双大眼睛水汪汪的,特别招人喜欢。他很乖,无论白天还是晚上都很听话,不吵不闹。格林伍德太太怀孕了,预产期在八月底或九月初,但照顾诺曼毫不费力。她经常像护士一样把诺曼抱在怀里,抱着他到处走。她说她怀孕时照顾孩子没有什么压力。
>
> 格林伍德太太在医院生产期间叫来了自己的母亲菲莉丝·芒罗(Phyllis Munro),让她在家里照顾诺曼。芒罗太太也很让我们放心,我们知道在任何情况下诺曼都会得到悉心的照料。

这孩子的成长发育很好，正如我在一开始说的那样，是个很幸福的小男孩。

儿童事务官[①]

1968年5月29日

我去探访的时候，诺曼正坐在专属于他的高脚椅上，他看上去长大了不少，是个壮实的小男孩。他和格林伍德夫妇新出生的孩子也相处得很好，还说那是"我的宝宝"，最初的那丝嫉妒早已荡然无存——不过他嫉妒的情绪本来也不强烈。他是个非常有爱心的孩子，经常走到婴儿车前跟车里的宝宝打招呼、挥手示意，但当格林伍德太太没看到，或者诺曼觉得她没看到的时候，他就会趁机咬一咬或捏一捏这个名叫克里斯托弗（Christopher）的新生儿。不过，他很快就改掉了这个习惯，并且非常喜欢这个新生儿。现在让人头疼的是，他总是想把自己的玩具都堆在婴儿车里的这个婴儿身上。

格林伍德太太是位很称职的年轻母亲，在照顾新生儿和蹒跚学步的孩子方面似乎没有任何困难，诺曼自然也不会因为这个新生儿的出生而被忽视。

9月底，格林伍德夫妇曾带孩子们前往苏格兰北部。据我所知，诺曼十分兴奋，也很喜欢得到别人的关注。

---

① 这里有该儿童事务官的手写签名，但字迹模糊无法辨认，故省去具体姓名，下同。——编者注

> 他的身体发育得很好，得到了十分细心的照顾。
>
> 儿童事务官
>
> 1968年10月15日

> 今天我去探访时，看到诺曼正坐在他的小马桶上。格林伍德太太在训练他如厕，不过遇到了一些困难。他根本不接受这种训练，坐在小马桶上一动不动，但一穿上裤子就尿了。为了向我展示自己有多棒，他一看见我就立刻站了起来，把那个黄色的塑料小马桶拿在手里，跳舞给我看。这孩子节奏感很好，而且很懂得怎么让大人开心，也喜欢受到关注。他很健康，体重也很正常，越来越聪明可爱。他有自己的主意，但除了会说爸爸、妈妈和宝宝之外，还不会说太多的词。不过，别人对他说的话，他都能听懂。当他想拒绝什么的时候，他就一个劲儿地说"不"。我感觉这个孩子需要的是耐心的引导，而不是强硬的命令。
>
> 儿童事务官
>
> 1968年11月14日

克里斯托弗——格林伍德家的第一个孩子，我的弟弟，于1968年7月出生。我们的性格截然相反，他有一双蓝眼睛，看起来像个得了白化病的小孩；而我的眼睛是棕色的，我有非洲人特有的头发，看起来就像脑袋上扣了个婴儿马桶一样。克里斯托弗出生两年后，萨拉（Sarah）出生；八年后，海伦（Helen）出生。

> 格林伍德太太努力表达着自己对孩子的爱，她叫孩子们"小青蛙""小虫子""小蛇"。如果她用其中一个词来称呼诺曼，也会立即对克里斯托弗说同样的话。

克里斯托弗和我只相差14个月，我们像兄弟一样打架——都是小打小闹，绝不会伤害到彼此。我很喜欢他。

> 这孩子成长得很好，和他非血缘的弟弟克里斯托弗感情也特别好。他是个非常深情的孩子，喜欢被人喜爱、被人需要。诺曼对小萨拉也十分关爱，不过不再叫她"我的宝宝"了，而是站在她的婴儿车旁，非常自豪地说"这是我妹妹"。
>
> 几天前，格林伍德家搬到了新的住处。诺曼出门跟小朋友们玩儿，回来之后非常难过，因为他们叫他"巧克力小子！"

说到我的肤色，我父母称之为巧克力色。1970年，涌现出了不少令人瞩目的黑人英雄，那也是穆罕默德·阿里（Muhammad Ali）最出名的一年，没有人告诉我，我和他肤色相同，也没有人告诉我，我和马丁·路德·金（Martin Luther King）肤色相同。然而，在我父母的眼中，这世上没有所谓的黑人英雄，在他们的世界里，非洲到处都是等待被拯救的穷人。

来自外部世界的种族主义言论愈演愈烈，父母的反应就是让我别理那些话，或者告诉我"大爱无界""我们都是人类，我们都是上帝的孩子"，以及"棍棒和石头能打断我的骨头，但是流言蜚语永远无法伤害我"，等等。不过，恶毒的言语并不是问题所在，潜在的不善才是真正的问题。我们并不怕被蛇咬伤，我们惧怕的是蛇体内的毒液。那毒液是与生俱来的，从蛇出生之时起就在它的体内存在。因此，困扰我的是其他孩子们潜在的不善，而这种不善源自他们的父母。

我的母亲像她的母亲一样领养了一个孩子。不同的是，我母亲领养了一个"有色人种"孩子，那个时候，人们对有色人种是难以容忍的。有些人面带讥笑，停下来朝我的婴儿车里看，还有些人在我母亲走过去的时候朝她背后吐口水。多年以后，那些人也会这样对我。无论这种种族歧视以什么方式体现，都是我父母爱的光芒下的阴影。

第三章

清晨你来见我,
在夜晚的余韵中,
彼时薄雾渐起,
爱意渐浓。

每条街道上都有奇葩家庭,通常情况下,他们表现得一点儿也不奇葩,只不过有的放荡不羁,有的独来独往,有的道貌岸然,有的自私势利,有的自视甚高,有的生活奢靡。所有的奇葩家庭都各有不同。不过,你永远也想不到,你的家庭可能也在奇葩之列。没人会认为自己是奇葩。我们家所有的人都爱"上帝",也虔诚地相信"上帝"爱我们,我们生活在对"上帝"的爱和敬畏中。这对我来说有一些费解,因为在我心里,我爱"上帝",也同样爱棒冰、巧克力棒、柠檬糖、软糖、草莓糖和牛奶棒,但我对这些东西可没有一点儿敬畏之心。

那时的我是个快乐的孩子,总是在听大人们说话,想弄清他们话里的意思。我对一切都充满好奇,且无所畏惧。换句话说,我唯恐错失什么东西,以至于总想知晓周围发生的一切。

外公邓肯·芒罗(Duncan Munro)给孩子们做了几个木箱,我、克里斯托弗和萨拉每人一个。我们在外面撒欢儿、奔跑。花儿公园、大公园和学校附近的小树林都是我的冒险乐园。我总是早早就要上床睡觉了,常常在卧室的窗户旁朝窗外的小朋友撅屁股。

有一天,妈妈突然喊我,但那次我并没有惹麻烦,她和爸爸当时正在厨房里。"上楼去!"妈妈对我喊道。我没有一口气跑到楼上去。我停下来,听着妈妈用同样的语气跟爸爸喊叫。

"去吧,快去!让全镇的人都看看!"她一边说,一边摔打餐具、拉拽椅子,然后砰的一声关上了橱柜。

妈妈是一名护士。不知道她在医院里为别人接生时是否也会这样大吼大叫。她的叫喊中充满了嘲讽:"出去,快去!给,拿着这个,你还需要个水桶,是吧?"

爸爸拿着拖把和水桶走出家门,我悄悄跟在他后面。只见我们这栋半独立式房子的红砖山墙上,被人涂了几个大字——巴士底狱。

"爸爸,巴士底狱是什么?"

很反常地,爸爸这次没有解释,而是继续用海绵擦拭墙上的大字,一边擦一边对我说:"自己去查。"于是我立刻回屋去查百科全书。

"巴士底狱是巴黎的一座堡垒,在历史上的大部分时间里,它都被用作州立监狱……"那一整天我都过得提心吊胆。妈妈也是。爸爸把自己关在起居室里待了好几个小时,但当时我并不觉得这件事跟我有什么关系。

"我敢打赌,是那帮臭小子干的。"妈妈说。

我们家的壁炉上摆着几个突兀的威基伍德牌(Wedgwood)陶瓷摆件:脖子长长的少女们在去市场的路上遇到了一群翅膀乱扇的鸭子。周围的人对我家隔壁的邻居颇有微词,每每提到他们时,都语带轻蔑,因为他们从不去教堂,也买不起威基伍德牌陶瓷制品,他们把大部分钱都花在了宾果游戏上——赌博是魔鬼的交易。他们家的花园里杂草丛生,他们的孩子看着也都邋里邋遢的。不过我喜欢他们。我喜欢我的邻居,也喜欢他们的孩子,我喜欢每一个人——为什么不呢?

妈妈有一头黑色的短发和一双黑色的眼睛。她有一点龅牙,脸看起来有点儿严肃。她说话声音很大,和爸爸吵架时,她习惯摔盘子、扔勺子。遇到这种时候,我就会坐在楼梯上听他们争吵,那种混乱的嘈杂声正是家庭关系和亲子关系紧张的根源。妈妈生起气来就像火山爆发似的,脾气说来就来,反复无常。我从未想过,这些争吵是因我而起的。

妈妈的身上有股妈妈的味道,那是一个孩子从婴儿时期起就能闻到且习惯闻到的,一种混合了婴儿爽身粉和金缕梅的味道。我不相信被领养的孩子从父母那里得到的关爱会比亲生的孩子少。在我离开家之前那些年里,无论日子多么混乱动荡,我都祈祷妈妈能在我睡觉前打开我卧室的门,进来看看我。我祈祷她能坐在我的床边,像我小时候那样唱着歌哄我入睡:"你是我的阳光,是我生命的阳光,当我忧伤时,你使我快乐……"我相信她唱的是真的。

她微笑着,似乎在极力抑制内心的悲伤和眼眶里的泪水。爸爸是个高大睿智沉默忧郁的人，他的性格与暴脾气的妈妈截然相反，形成鲜明对比。他总是安静地做自己的事，平时喜欢看报纸，只有在打壁球的时候才会偶尔和别人分享一下报纸上的新闻。一位社工曾在报告里说，我的爸爸"是个内向害羞的人……讨论理论性问题时，他还自如一些，但谈到私事时话就很少了"。

> 格林伍德太太看上去比丈夫更紧张焦虑，一直不停地谈论她的工作和她丈夫的新工作。她的丈夫不太擅长表达自己，他认为自己作为初级学校的校长，承受了太多责任和压力。基本上，他是个内向害羞的人，所以要费好大的劲儿才能把他拉到讨论中来。讨论理论性问题时，他还自如一些，但谈到私事时话就很少了。
>
> 我们告诉格林伍德太太我们从没想过要把诺曼抱走。这就涉及以后如何抚养他的问题，很明显，这一情况在短期内不可能有什么改变。格林伍德太太也接受了这一点，但她觉得事态有些"不对劲"，她十分担心这会威胁到她和她丈夫的生活和工作！
>
> 显然，我们需要对这对夫妇难以言表的焦虑表示安慰，并给予他们信心和支持。
>
> 诺曼继续茁壮成长。总的来说，他的情况还算令人满意。

起居室是爸爸的书房，那里很安静，也是客人休息的地方。夜晚时分从飘窗向外望去，那棵金链树会投下可怕的阴影。

当时，对我来说最重要的启蒙图书是《圣经》和与《圣经》有关的书，以及《五伙伴历险记》(Famous Five)《秘密七人团》(Secret Seven)，当然还有 C.S. 路易斯[①]创作的《纳尼亚传奇：狮子、女巫和魔衣柜》(The Lion, the Witch and the Wardrobe)。C.S. 路易斯是我们家的大明星。所有的书都堆放在起居室的书架上，等待着我们如饥似渴的目光。我不记得其他的小说和诗集了——只记得 T.S. 艾略特[②]的《老负鼠的实用猫经》(Old Possum's Book of Practical Cats)，那是我的最爱，至今仍对它记忆犹新。

妈妈和爸爸说我像麦卡维蒂。[③]当时我觉得这么说挺有爱的，但后来我意识到不对劲了——麦卡维蒂是只十分狡猾的黑猫，还是个小偷。这与我那金发碧眼的弟弟克里斯[④]形成了鲜明的对比——他的小名叫邦蒂（Bunty）。

> 诺曼一切都好，他从两三个月大的时候就跟格林伍德一家人在一起，格林伍德太太将他视如己出。这对寄养父母提过正式收养这件事，但他们担心诺曼的生母会通过调查找到他们。

[①] C.S. 路易斯，即克利夫·斯特普尔斯·刘易斯（Clive Staples Lewis，1898—1963），英国作家，以儿童文学作品《纳尼亚传奇》闻名于世。——译者注
[②] T.S. 艾略特，即托马斯·斯特尔那斯·艾略特（Thomas Stearns Eliot，1888—1965），英国诗人、剧作家、文学批评家。——译者注
[③] 麦卡维蒂（Macavity）是英国作曲家安德鲁·劳埃德·韦伯（Andrew Lloyd Webber）创作的音乐剧《猫》（Cats）中的一个角色。——译者注
[④] 克里斯（Chris）是克里斯托弗的昵称，下同。——编者注

> 诺曼正在学习弹钢琴，大家都说他是个极其聪明的孩子。他完全清楚自己的肤色与别人不同，经常问父母为什么生他的人不是白人。别人经常问他将来愿不愿意娶一个"黑人女孩"。
>
> 格林伍德夫妇对诺曼感到骄傲，但也为他的未来感到无限忧虑。
>
> *儿童事务官*
> *1974年12月11日*

我是个好奇的孩子，总喜欢提各种问题。在浸信会——我们的教会里，大人们教导我们要发问——"为什么"，而答案往往是"因为我们是罪人"。在学校里，我总是被人围着问各种关于我种族的问题，我不堪其扰，也不知道该怎么回答，于是我把这些问题带回了家里。

"她离开了你……她不想要你……要是我找到那个女人的话，我会把她眼睛抠出来……她怎么能……"我妈妈对我的爱因对我生母遗弃我的恨而加深——这就是我所知道的一切。我只知道我的生母跟我有相似的面孔、相同的血缘，只知道她来自非洲，那里都是穷人。

1974年4月，我7岁了。

格林伍德夫妇意识到，诺曼未来的人生中会出现很多问题，也会拥有许多幸福。有时候诺曼对自己的肤色问题敏感且情绪化。当这种情况发生时，他会变得具有攻击性。诺曼平常不是个好斗的孩子，虽然有时大喊大叫，但从不跟人打架。

格林伍德夫妇已经接受了这样一个事实，即诺曼的性格与他们及他们自己的孩子截然不同。诺曼天生开朗外向，当周围的人对他表示喜爱时，他会非常开心。他从小就不断得到别人的赞美和喜爱，也因此一直茁壮成长。事实上，他离不开被赞美和被欣赏，这是他的天性。格林伍德夫妇也承认这一点。诺曼最近好几次问寄养父母，他是不是被收养的，格林伍德夫妇真心地回答"不是的"。他们并不认为诺曼真的明白收养的含义，但他在学校里不断听到"收养"这个词。这个孩子内心强烈地需要归属感。格林伍德夫妇非常关心诺曼的未来，因为这里是诺曼唯一的家，他爱这个家，家里的人也深深地爱着他。

第四章

用曙光唤醒我,
让我沐浴在光明里,
并为我驱走
夜晚投下的所有阴影。

大约在我开始上初级学校的时候,我就感觉到自己有些不对劲。我人生中的第一所学校是 R.L. 休斯幼儿学校①(R.L.Hughes),位于奥斯本路的尽头。一开始是妈妈送我们去上学,后来我长大了一点,就独自领着弟弟去上学了。

我很喜欢学校操场上弯曲的弧线,那里绿草如茵,四季葱郁,还有足球场和跑道。学校的建筑都是 20 世纪 60 年代的风格,整齐利落。和家里相比,我更喜欢这里。这里没有那么多争吵。

学校的校长是格雷夫斯(Graves)先生,听说他曾经是一名军官。他每天早上走进校园,都喜欢背着手走到儿童攀爬架附近看看。音

---

① 在英国,一般来说,孩子会在五岁进入幼儿学校(Infant School),七岁进入初级学校(Junior School)。——编者注

乐老师坐在钢琴前,格雷夫斯校长郑重地点点头,钢琴声便随即响起。音乐老师一边弹着钢琴,一边透过眼镜看着孩子们,我们便开始和着音乐唱歌,那首歌我们偶尔也会在教堂里唱:

> 万物有灵且美,
> 世间大小生灵,
> 皆智慧而美好,
> 全部乃上帝所造。

我仰着头,用敬畏的目光看着校长。

> 假期结束后,克里斯托弗将与诺曼到同一所学校上学,接下来的事情会很有意思。因为诺曼不喜欢克里斯托弗比他强,所以肯定会备受激励,努力上进。还有一种可能,如果他觉得克里斯托弗表现得比他好,让他落了下风,也许便会放弃努力。

我并没有意识到,我所说的以上一切都是谎言。我并不是个快乐的孩子,我是个骗子,我给周围的每个人都带来了麻烦。这样的评价一定不是虚言。因为这些都是格雷夫斯先生说的原话,被记录在 1976 年 1 月的社工报告上。

> 我与格雷夫斯先生通了几次电话,最后探访了他所管理的学校。

他觉得诺曼太要强，会给克里斯带来压力。接着他谈到，应该给诺曼换一所学校——但这完全没有考虑那孩子的感受。我直接告诉他，这里是那孩子心里唯一一个和家一样的地方。

我对他说换学校是不可能的，然后告诉他我和诺曼的寄养父母讨论过这件事。我们谈到了学校里发生的一些具体事件，当时诺曼的行为得到了不恰当的奖励。如果诺曼从小就只被人称赞和认可的话，那么今后若遇到非议或反对，他就会无所适从。今后会有很多人对这孩子表达负面态度和负面情绪，不知道当面对这种自己从未遇到的情况时，他会如何应对。

我与诺曼的班主任交谈了一番。显然，这个男孩在这所学校里地位特殊——学校教职人员、保育员对他都很优待。诺曼必须体验更现实的环境，周围的人对他的态度必须有所改变，但不能冷淡他。

校长会对这两个孩子保持密切关注，并且会去诺曼家定期家访。

我热爱生活，喜欢上学。当时我9岁，弟弟克里斯托弗8岁。我爱弟弟，即使捶他一拳，也是在表示对他的爱。我们跟大多数兄弟一样互相打闹，拼命想将对方打倒。我们扭打在一起，弄得汗流浃背，直到我们当中的一个——当然，永远都是克里斯托弗——突然大哭起来。凯瑟琳和戴维领养我时，两人并没有孩子。克里斯托弗是他们的第一个亲生孩子，但我才是他们的第一个孩子，我是老大。我爱我所生活的小镇，也爱我的家人。我喜欢兄弟姐妹间的打闹，

也喜欢市场、花儿公园、大公园和各种书籍,还有教堂和我的朋友们。

校长向社工建议为了克里斯托弗把我转到别的学校,这并不是空穴来风——因为"诺曼太要强"。一个孩子能怎么要强呢?社工说"诺曼不喜欢克里斯托弗打他"。我当然不喜欢,他可是我弟弟啊。有些事情是合理的,而有些事情我并不理解。"诺曼的行为得到了不恰当的奖励。如果诺曼从小就只被人称赞和认可的话,那么今后若遇到非议或反对,他就会无所适从。"这更容易让我觉得,在校长与社工见面之前,我的寄养父母已经和校长谈过话了,因为文件里并没有记录反对的观点。

我跟你们说的所有话都是我父母告诉我的:我妈妈是一名护士,我爸爸是一名教育工作者,我弟弟和妹妹是我的兄弟姐妹,这是我们生活的小镇。我总忍不住反手去拧克里斯托弗的手臂,因为兄弟间就是这么打闹的,不是吗?

第五章

夕阳的余烬
在天空缓缓燃烧，
愤怒是一种表达，
只为追寻爱。

> 我今天去格林伍德家看望诺曼，他们一家刚刚从苏格兰度假回来。格林伍德太太很不高兴，今天早上，诺曼又做了他度假时几乎每天早晨都做的事。他天不亮就起来偷吃甜食，尤其是饼干，已经偷吃了两大包。诺曼说他对自己的行为感到很抱歉，但不能保证以后再也不犯了。
>
> 1975 年 7 月 28 日

8岁时，我做了错事，被记录在案。我的确偷了饼干，但没有偷两大包——这也太夸大其词了，一想起来就让我窝火。事实上，我只是从罐子里偷了几块饼干,然后把剩下的饼干重新摆了一下,下面少、上面多,这样就没人看出来饼干少了。我可真是个天才。

有一次,我们全家去苏格兰度假,住在我外公家里。作为对我偷蛋糕的惩罚,他们把我单独留在屋里,萨拉、克里斯托弗、爸爸和妈妈则步行下山去洛欣弗(Lochinver)。我以为他们把我锁在卧室里了,但没想到门是开着的。我抽泣着走下楼,客厅壁炉的余烬散发着浓郁的银桦木的味道。我擦去脸上的泪水,看到桌子上有一块切了一半的姜味蛋糕,我的眼泪蒸发了,黄油的香味在我的鼻腔里萦绕。也许我可以吃一块,我心想,如果我切蛋糕的方式跟他们之前的一样,那就没人能看出来我切了一块。我真是天才。于是我就那么做了。要是麦卡维蒂,肯定比我做得还高明。蛋糕的味道好极了,我觉得再多吃一块也无妨。当时屋里除了我没有别人,而且蛋糕实在太好吃了,于是我又切了一块。直到今天我仍然想不明白自己怎么会有偷饼干和蛋糕的习惯,但我当时还是那么做了。于是他们便说我狡猾、诡计多端。

问题是,我当时的第一反应是:我并没有偷蛋糕。而且我没有想起来他们把我留在小屋的主要目的就是惩罚我偷吃,所以我否认偷了蛋糕。要是换作麦卡维蒂,肯定比我更狡猾、更有手段。在卧室里又待了一个小时后,我意识到我必须承认自己偷了蛋糕。我虽然并不知道犯错的严重性,但很显然,相较于偷窃,他们更担心的是我撒谎。

这种偷蛋糕的习惯就像堤坝上的裂缝。我身上有一些不好的东西,一些我也无法理解的东西。"别用你那双棕色的大眼睛看着我。"

我妈妈总朝我大喊这种奇怪的话。可我不明白她看到了什么，如果我这样争辩，他们会说我撒谎吗？可我怎么能知道她和爸爸都看到了什么呢？

家里的起居室是我受罚的地方，也是招待客人、摆放书籍以及社工来探访时坐着的地方。皮沙发被擦得油亮，闻起来有种典当物的味道。偷吃蛋糕并撒谎的行为说明我内心有魔鬼作祟。起居室就成了我被鞭打的地方。

我喜欢寻常的事情。我喜欢中客厅，我们大部分时间都在那里待着，我们会打开电视看《针织鼠一家》（*The Clangers*）和《饼干杰克》（*Crackerjack!*）。不过档案里记录的事情与这些迥然不同，那都是由我的寄养父母讲述的，还经过了社工的筛选。过了不到三年，就有报告称，我威胁格林伍德一家说要杀死他们，除了还是婴儿的海伦，一个活口也不留。

第六章

> 当牧师拖着被宽恕的迷失者
> 从即将葬身鱼腹的险境中将其救出，
> 众人赞叹道："感谢耶稣基督！"
> 他大声宣布："你得救了。"

布林浸信会是由长老们管理的。那个教会距离我家约 1.6 千米，距离我的外公外婆家也有约 1.6 千米。年迈的老管风琴师偶尔会缺席，这时就由我的外公芒罗负责演奏，不过他总有点儿合不上拍子，这让妈妈和爸爸尴尬得不敢对视。我的外公牙齿稀疏，戴着鸭舌帽，眼睛里闪着智慧的光芒。他是世界上最好的外公。

教堂里充满了可怕的故事：被焚烧的亡者和夭折的婴儿；哭泣哀号的母亲；一个女人变成了一根盐柱；风尘女子和行乞者；麻风病人与杀戮；滔天的洪水将人们吞噬；耶稣被钉在木制十字架上，头戴荆棘冠，鲜血顺着他的脸流下。

"忏悔。为你的罪而忏悔吧。"

听了牧师的话,人们的情绪热烈起来。阳光透过教堂的彩色玻璃投下红色、蓝色和绿色的光,照在正全神贯注听布道的教众身上。

妈妈举起双臂,大声说:"赞美主。"

我也跟着举起了双臂。但我被耶稣拯救了吗?阴影掠过我的头顶,犹如乌云遮住阳光。不久阳光重现,教众仿佛身处云端。我的弟弟看着我,双唇紧闭,斜视前方。

"你臭死了。"我用口型对他说。

"赞美上帝,赞美主。"我跟着大家一起唱诵。

我就这么跪着祈祷了12年,这就是我所做的事情,也是我唯一懂得的事情。

正是牧师的布道中那些有感染力的修辞和诗一般的语言把我引入了诗歌的殿堂。《圣经》和布道中的故事都需要被解读,一切都具有象征性和类比性。彼得撒谎,然后悔改。我们也应该为自己的谎言悔改。那女人不听劝阻,回头后变成盐柱。我们也不能回头。耶稣死去,是为了我们的生。

我对这一切文字的含义都感到好奇。家里起居室墙上的十字架是用贝壳制成的,上面挂着耶稣的肖像。爸爸决定把耶稣(和胶水)从十字架上弄下来,因为"他复活了",不过胶水很难清理。

我的档案记录里几乎没有提到宗教信仰,然而事实并非如此。

我的父母并没有与社工讨论过这方面的事情,在他们眼里,那名社工是一名异教徒。

我们从出生的那一刻起,就在寻求整个世界的关注。而所谓外向的人,其实只是内向的人为了证明自己不内向而故作开朗而已。

这个孩子性格外向，喜欢寻求别人的关注。他头脑聪明，学习成绩很好，但无法保持长时间的专注，因此课堂上总有小动作。他受到了很多关注，一是因为他的性格讨人喜欢，二是因为他的肤色，三是因为他是个被领养的孩子。寄养父母有自己的亲生孩子，这在某种程度上对这个孩子的心理产生了影响。

第七章

黎明追随暗夜而来,
晨光将找到它的使命。
一切将要发生的必将发生,因此
阴影为我们发声。

    我小的时候,全家人经常去温尼克精神病院。到那儿之后,爸爸总是待在车里,他得照看萨拉,因为她太小了。那是一座庞大的红砖建筑,坐落于修剪整齐的苍翠绿植之中,构成了一幅规整宁静的画面,同时也掩盖了许多秘密和谎言。

    妈妈、我和克里斯穿过前门来到一道拱门前,妈妈签字登记后,我们走进了这座精神病院宽敞的铺着瓷砖的走廊。走廊里散发着混合了呕吐物、漂白剂、沙威隆①和尿液的味道,我们的脚步声显得更大了,还伴随着响亮又刺耳的回声。我们一边走,一边听着周围传来阵阵令人不安的呻吟声。突然,一名护士不知道从哪儿冒出来,

---

① 沙威隆(Savlon),也译作萨维林,是一种杀菌消炎药膏,可以用于治疗表面小伤口、烧伤、疱疹、痤疮以及蚊虫叮咬等各种皮肤问题。——译者注

从我们身边快速冲了过去。克里斯咬着嘴唇，脸色越来越苍白。他一紧张就习惯性地不停舔嘴唇，舔得嘴唇都干裂了。

我们仿佛在另一个世界里长途跋涉了很久，最终来到了一个巨大的大厅。那里就像一个海湾，里面有很多扶手椅，女人们坐在椅子上。我缓缓扫视了一下房间，发现没有一个女人是正常的。她们抱着脑袋愁眉不展，看起来很奇怪，像流着口水的怪物。这时，妈妈看到了其中一个女人，然后悄悄走到她身边。这个女人有一点龅牙，像狼一样。她流着口水，头发乱糟糟的，像个鸟窝。她的身体前后晃动着，扭曲的手臂像折断的树枝那样伸出来。她的眼睛看起来有些熟悉。

"这是你的姨妈，"妈妈说，"跟姨妈问好。"

我立正站好，礼貌地说："姨妈，你好。"我喜欢她，她也喜欢我。她低垂的头哆嗦着，同时向我伸出她的手臂，她的手扭曲、枯瘦，拂过我的脸颊时，我能看到她呆滞的目光里闪烁着光芒。她说不了话，但她的咕哝声足以让我明白她要表达的意思。

克里斯扭动身子，嘴里嘟嘟囔囔的。妈妈掏出一块手帕，温柔地擦了擦姨妈嘴角和下巴上的口水。我们就呆呆地看着姨妈来回摇晃身体，也不知道看了多久。但我本能地知道，在我们离开之前不能开口问任何问题。

妈妈会定期去看望她的双胞胎妹妹，有时自己去，有时带着我们一起去。我的姨妈仿佛"打出生起"就是这副样子。作为孩子，我们对这种事情有种天生的直觉，我意识到之前从没有人跟我提过她，无论是我的外婆——她的母亲，还是我妈妈——她的姐姐。

我的外婆菲莉丝·芒罗从未和我妈妈一起带我们去探望过她这个女儿。我不禁怀疑，难道是我妈妈认为是她抢走了自己妹妹的什么东西吗？多么令人震惊的想法！人们也许会对自己很残忍，也会对彼此很残忍。我妈妈出生时是发生了什么事故吗？她是在责怪自己吗？她妈妈责怪她了吗？她是不是一直觉得愧疚，因为她夺走了她双胞胎妹妹的氧气？她会尽自己一切所能证明自己并非如此。她会领养一个黑人小孩，向她的母亲证明（她的母亲也领养过小孩）她是个善良的人——尽管谁也不知道她在母亲的子宫里时对自己的妹妹做了什么。我由衷地相信，如果我妈妈能跟她待在精神病院的妹妹交换命运，她一定会愿意的。

自然法则也许残酷，但至少作不了假，不是上帝或魔鬼能操控的。我的姨妈是无辜的，没有做错任何事。她的姐姐和她的母亲也都是无辜的。我只希望她们能明白，这是自然造就的结果。我母亲的双胞胎妹妹很漂亮，跟T台上的模特一样美。她的思想也跟艾丽斯·沃克①一样深邃且有内涵。有问题的不是我的姨妈，而是她那个从来不去看她的母亲。而且这位母亲对她的另一个女儿——我妈妈，也产生了深深的恨意，让我妈妈觉得自己不配活在这世上，每逢圣诞节或自己的生日，我妈妈的这种感觉会更强烈，因为她觉得自己的双胞胎妹妹从未度过一个像样的圣诞节或生日。

万物有灵且美，

世间大小生灵，

---

① 艾丽斯·沃克（Alice Walker），美国小说家、诗人，1983年普利策小说奖得主，代表作品有《紫颜色》（*The Color Purple*）等。——译者注

皆智慧而美好！

我妈妈还有两个姐妹——露丝（Ruth）和苏（Sue），以及一个弟弟，名叫亚历克（Alec），他们是我的姨妈和舅舅。我觉得苏是被领养的，而露丝的照片就挂在外婆家客厅的墙上。这深深刺伤了我妈妈的心，并不是因为她夺走了原本属于露丝的东西，而是她觉得自己的照片永远不会挂在外婆家的墙上，因为只要看到我妈妈的照片，外婆就会想起自己的另一个女儿，也就是我们经常去探望的那个女人。

我的家门前有棵巨大的金链树，我从小就看着那棵树长大，看着它每年都绽放出一簇簇美丽的花朵，然后结出包裹着毒果的豆荚。我每周至少见外婆一次，我很爱她。也许她同样爱着凯瑟琳·格林伍德——双胞胎里健康地活下来的那个。可能她太爱这个女儿了，以至于无法表现出来，因为如果表现出来的话，她就会觉得自己不爱精神病院里的那个女儿了。又或者，凯瑟琳是她最爱的那个孩子，是她为之奋斗的那个孩子，是幸存下来的那个孩子，是她的第一个孩子，但凯瑟琳从没有感受到来自母亲的爱，以致她自己也很难对别人付出爱。

外婆菲莉丝总是显得压抑而隐忍，而妈妈内心的失望也日益加深。我想这就解释了为什么妈妈总是对别人感到不满。这对母女强化了彼此的失常行为，就像两头发情的雄鹿用鹿角纠缠住彼此一样。事实上，她们想要的只是对方的爱。这造就了她们之间巨大的裂痕。妈妈是长女，外婆是第一次当母亲，她的另一个女儿在精神病院，愤怒和矛盾就这样被激发。痛苦终有一天会腐蚀承载它的容器。

这些事情都没有被记录在档案中。外婆和她的长女一样,是在地方议会注册了的寄养家庭照护者。但我在她家里从没见过其他的寄养儿童,我唯一知道的在她家里待过的寄养儿童就是我。我的外公是个特立独行的人,以前喜欢喝威士忌,来自苏格兰高地洛欣弗,是个骑着摩托车的独行侠。

我们一有空就去洛欣弗度假。外公在那里拥有一座风景如画的小屋,周围是榛子树和白桦树,树林沿着山坡一直延伸到洛欣弗湾。记忆中,那里的生活如田园诗一般美好:湿润的空气中有石楠花和欧洲蕨的味道,休尔文山的景色壮丽恢宏。我想,如果上帝在人世间的话,一定会来到这里。

在与外婆安享生活之前,外公经常在洛欣弗喝得烂醉如泥,然后骑上摩托车,风驰电掣般沿着危险的悬崖峭壁一路飞驰。如今,我偶尔还能见到那个狂野的高地人的影子。小屋旁有一条小溪,我们以前经常在里面洗澡,然后和外公一起去海湾抓鲑鱼、鳟鱼和贻贝。我就是从那时起开始喜欢上吃贻贝的。

外公是个性格粗犷的人,后来到了布林,但无论在什么地方,我和他都是"另类"。是他温室里的那些低垂的番茄让我们走到了一起,因为我最喜欢的事情莫过于站在那里清除杂草,而他则负责修剪番茄植株,一边修剪一边给我讲故事。

从7岁到12岁,我妈妈一直把我独自放在外公位于布林的家,我和他们生活在一起。外婆让我擦地、擦家具、扫院子。我不记得我的兄弟姐妹中有谁像我一样被送到这里。写到这里时我才意识到,被送到这里的孩子只有我一个。对此我并不介意,因为我喜欢做家务。

外婆菲莉丝太胖了——这会要了她的命。她用尖锐而激烈的言辞、愤世嫉俗的眼神压制我的母亲,让她痛苦流泪。外婆就像是棋盘上的皇后。她审视着这个世界,仿佛世界意图摧毁她一样。在外婆的眼中,没有任何灰色地带,也没有自我反思的空间,她唯一的要求是病态的——一切都要正确而完美。她几乎从不自我反思,在她看来,这个世界非黑即白,只有对错和好坏之分,要么天堂、要么地狱。所有的一切都清晰而明确,这种清晰和明确掩盖了所有的污浊不堪。

我至今仍能听到学校里的那首歌讽刺地回荡在精神病院的走廊上。

万物有灵且美,
世间大小生灵,
皆智慧而美好,
全部乃由上帝所造。

这个家族里是不是有什么残酷的东西、有某种强大的暗流,胁迫般地要把我拖入浩瀚的大海?这个家族里是不是有什么东西,把受伤的孩子锁进了他们不会被看到的地方,又因为负罪感而进行着自我惩罚?

第八章

阴影笼罩了我,
将阳光和月光阻隔,
下方有暗流涌动,
这浴室令人战栗。

当我的手碰到水龙头时,电流突然窜过我的身体。我被吓了一跳,光着身子站在浴缸里尖叫起来。爸爸冲了进来,用手碰了碰水龙头,却什么也没有发生。妈妈走进浴室,若有所思。爸爸让我再试一次,我照做了。结果电流又窜过我的身体,我再次尖叫起来。妈妈站在爸爸身后,对他说:"再来。"爸爸又试了一次,还是什么事都没有,然后他朝我点了点头,让我再试一次。我请求他们别让我试了,并在他们眼里看到了怀疑和不信任。如果他们认为我的反应是装的,那他们心里是怎么看我的?我慢慢伸出两只手,触摸水龙头,还是同样的结果,电流又在我的身体里流窜,我感觉就像是被人从身上扯下了一层皮,如同从油亮的桌子上扯下一张桌布那样。我妈妈的脸色看上去越来越可怕，她朝我点点头，让我用双手分别握住冷热水龙头。

爸爸又摸了一下水龙头，什么事也没有。

"只摸一个水龙头。"妈妈对我说。

我忍不住哭了起来，但他们两人都看着我，好像我被魔鬼附身了一样。爸爸朝我点点头，示意我快点儿。于是我再次伸出双手握住水龙头。我的双臂、手指和牙齿被电流击得直打战。我看着妈妈，她的脸上满是厌恶和不满，仿佛在说："你装什么装？"我心想，我这是造了什么孽啊？

"是水！他在水里呢！"别忘了，我爸爸可是一名教育工作者。他立刻把我从水里抱了出来，抱得越来越紧。"他刚才站在水里呢！"他说道。

这段记忆深深地烙在我的脑海里。在我看来，这不仅仅是一段记忆而已。

这件事在我的档案中是这样记录的：

> 去诺曼的寄养家庭探访。
>
> 我去的时候家里一片混乱，格林伍德太太非常难过。周日，孩子们洗澡时，电路出现故障，浴缸里带电。格林伍德先生、萨拉和诺曼遇险，两个孩子受到电击，无需医疗护理。工人们在屋里忙活着，整个线路系统都在检修中。

> 格林伍德太太的表现似乎过于夸张，她讲述了事情的整个经过，吸引了在场所有人的注意。诺曼一只眼睛乌青，是上周踢足球时弄的——格林伍德太太声情并茂地讲述了此事。我怀疑格林伍德太太如此紧张，是因为她对我的来访感到焦虑。而转移大家的注意力，好让我们不再讨论诺曼以及他们如何照顾诺曼最直接的办法，就是把话题引到眼下的倒霉事上来。
>
> <u>1975 年 9 月 9 日</u>

我当时 9 岁。报告里所有的信息都出自我母亲之口，是她处心积虑编造出来的，再由社工记录和转述。在报告中，我妹妹萨拉和我一起洗澡，但事实上并非如此。我们一起洗过澡，但这次没有。在我的记忆中，这次是我一个人洗澡。可他们为什么非要说她在跟我一起洗澡呢？

触电的人只有我一个。报告中的一些隐晦的不实信息让没有亲眼看到实情的人相信，触电的人不止我一个。报告"诺曼一只眼睛乌青"的原因也是不实信息，那其实是被种族歧视者殴打导致的。我的嘴虽然比那些人厉害，但拳头没有他们硬。而且我孤身一人，寡不敌众。

第九章

看夜晚的星辰
将星光播撒向大地,
定义我的不是那些疤痕,
而是令人惊叹的治愈力。

妈妈是一名注册护士,出于职业原因,她对我们的身体损伤格外关注,只要我身上有一点点擦伤、淤青、红肿、割伤或瘙痒,她就会拉着我坐在厨房的桌子旁,从橱柜最高处拿出医药包,从里面掏出金缕梅酊剂①、绷带、剪刀、药膏、沙威隆、纱布和医用胶带,甚至连嗅盐都拿出来了。我心里很高兴。这时候妈妈总是先对我说:"会有点儿疼啊",然后用棉签蘸上点儿金缕梅酊剂涂到我擦伤的膝盖上,这一刻我会感到和妈妈前所未有的亲近。

妈妈还随身带着梳子。每天早上上学之前,我都会站在厨房的暖气旁,妈妈的那把梳子看起来就像是一个没有梳齿的金属条。妈

---

① 金缕梅酊剂是一种用于治疗皮肤创伤的外用药物,可以调节皮脂分泌、促进淋巴血液循环,具有镇静、安抚的效果。——译者注

妈站在我身后，我背对着她，她用梳子用力地梳理我的头发，我感觉自己的头发快被连根拔起来了，头骨就像被浸入了酸液、鲜血呼呼直流一样。

"你有头发疼痛症。"妈妈这么说。显然，"头发疼痛"是一种医学上的"病症"，当用梳子梳头发时就会引发疼痛。我感觉自己的头皮就像被撕开了一样。如果你告诉你的孩子，你永远是他的父亲或母亲，他会毫不迟疑地相信你，同样，如果你告诉你的孩子，他得了头发疼痛症，他也会对你深信不疑。所以，我相信妈妈，也相信自己的确得了"头发疼痛症"。

后来，在一个阳光明媚的春日，妈妈让我穿上我最好的衬衫和裤子，说要带我出门，去见一位走红的歌星。埃罗尔·布朗（Errol Brown）是热巧克力乐队的主唱，他们凭借《你真性感》（*You Sexy Thing*）这首歌一炮而红。妈妈带我去了温斯坦利的一间公寓。我记得那里有坚果和薯片——可当时还没到圣诞节呢。埃罗尔·布朗和我聊了聊学校和生活里的一些事情，他和我一样，也是黑人。我当时很拘谨，有些紧张，又很兴奋。然后，他离开房间，过了一会儿给我拿来了礼物。我盯着这个衣着优雅、造型独特的陌生人——那是一把梳子。"你的第一把非洲梳子。"埃罗尔·布朗对我说。

一个和他全家关系都很好的朋友刚刚有了孩子，他之前到医院里探望，而我妈妈是当值的助产士，我想他们肯定谈论过我，妈妈应该给他看了她给我用的细齿梳子。也许当时他脸上挂着笑容，其实暗暗蹙眉，拼命咬紧牙关才压制住要脱口而出的话："该死的，你知道你对这个男孩做了什么吗？啊？你在八年的时间里薅掉了他那么多头发,现在才来问梳子的事,你是怎么想的?怎么现在想起来弄一把非洲梳子了?为什么到现在才想起来这件事?那可是埃塞俄比亚人的头发!埃塞俄比亚人的头发非常特别!为什么你不从一开始就给这个孩子弄一把非洲梳子呢?为什么不给他找一把呢?"

这些话他虽然没说出口,但任何一个加勒比人或非洲人(尤其是为人父母的人)都会对"头发疼痛症"这种莫名其妙的暴力行为表示质疑和不齿。

第十章

秘密重若磐石，
压得船没入水中，
面对和正视它们，
丢弃之后，船便能重获轻盈。

1978 年 4 月 19 日

  档案中有一封诺曼的生母于 1968 年写的信，她要求将诺曼送回埃塞俄比亚，送回她身边——也许应该让诺曼知道这件事吧？

  格林伍德夫妇被诺曼视为亲生父母。这对夫妇和他们的亲生子女在各个方面都对诺曼很好，满足他的各种需求，他们一直都对诺曼表现出了足够的重视、关心和爱护，然而有的时候，无论是格林伍德夫妇还是诺曼，都需要社工的支持。如果他们需要社工的话，这一需求就应该得到满足。

社工 简·琼斯（Jean Jones）
1979 年 4 月 10 日

为什么社工简·琼斯说我的父母"被诺曼视为亲生父母"？他们原本就跟我说过他们永远都是我的父母，那我为什么还会有不同的想法？而简又为什么要在这个时候说这些话呢？我不知道的是，两个月后，他们就要把我永远地打发走了，就好像我对他们来说完全是陌生人一样。

与大多数年龄相近的兄弟一样，克里斯托弗和我在彼此的领地上也会像蛇一样缠斗。克里斯托弗总是烦躁不安，即使在兴奋激动的时候也是如此，就像他的世界边缘开始摇晃起来似的。妈妈也留意到了这一点。他性格比较内向，但我没想到妈妈竟认为这是我的错。我们俩每天放学后都会比赛谁先回到家，结果每次都是我赢。

我来到厨房，站在妈妈身边等克里斯托弗。他回来之后就一头扎进妈妈怀里，对她说："妈妈，我赢了诺曼，对吗？"妈妈摸着他的头，说："是的，你赢了。"然后转过头看着我，又说了一次："是的，你赢了。"

那几年里，我开始觉得自己似乎做错了什么事，但我不清楚究竟是什么事。有时候，妈妈让爸爸在前厅用藤条惩罚我，爸爸让我大声喊叫，这样从外面听起来就像我真的在挨打一样。除此之外，其他奇怪的事情也开始层出不穷。

我 10 岁的时候，全家人穿着新衣服去参加婚礼。克里斯、萨拉和我都兴高采烈，非常开心。萨拉穿着蓝色的连衣裙，胳膊上挎着个小篮子，看上去漂亮极了。就在出门前，妈妈看了我一眼，我感觉到她的脸似乎抽搐了一下，像被人打了一拳。她对我说："把那个脱下来给他。"我不明白为什么要这么做，但还是脱下了我的裤子，把它给了弟弟。这样的事情还有很多，都萦绕在我的记忆中。那种隐隐的敌意，一直伴随着我，如影随形。

第十一章

如何才能让黑暗
从消融的阴影里奔逃?
如何才能让太阳闪耀?
如何才能一无所惧?

1973年,来自幼儿学校和初级学校的报告只有两份,这些报告让我了解到一些事情,让我更清楚我是什么样的人。

> 性格和秉性:
> 诺曼是个快乐无忧的孩子,而且很有天赋,是班里的好苗子。他性格活泼,课上课下都很受同学喜爱。他跟他的弟弟也相处得很好,经常去操场找他弟弟玩儿。

1975年,我8岁的时候,负责我的社工却对我的教育前景不抱任何希望,甚至不屑一顾。

诺曼这个孩子活泼、机灵、性格外向。很明显，他喜欢与别人建立良好的关系，然而，有人认为他的肤色和寄养儿童的身份让他得到了更多的关注。他在学业上有很大的压力。有人问这孩子将来会上哪所大学，甚至还提到了牛津大学。以诺曼的成绩，上公学有些不切实际，去由当地政府资助学费的曼彻斯特文法学校倒是可行，对诺曼来说最为合适！

目前的一切应该能满足诺曼寻求关注的需求，因此，尽管身上出现了依恋剥夺①的警告信号，但他应该感觉很安心。也许可以这么说，他的表现也满足了他寄养父母的需求，如果这个孩子不能满足他们的期望，更多的冲突将会随之而来。

1976年9月7日

这是一份来自寄养学校的评语，内容如下：

因为肤色，他遇到了一些麻烦——与他同龄的孩子不断喊着他的名字并辱骂他。因此，他一直希望自己是个白人！

---

① 依恋剥夺，也称情绪剥夺，是指儿童在发展早期，被剥夺其正常的与他人进行情绪交往的生活环境，使其丧失正常的体验情感的机会。据专家称，婴儿在生命头一年最重要的任务是与母亲或其他照料者建立紧密一致的依恋关系。受到父母拒绝或在孤儿院等设施机构长大的儿童，不可能与父母或照料者建立这种紧密一致的社会性情绪纽带，易遭受情绪剥夺的体验，使儿童在感情依恋上失去安全感，导致儿童情绪发展受损，并对儿童的整个身心发展产生不利影响。——编者注

> 格林伍德太太总听说诺曼出去玩儿时会骂人,而且在家里也会"口出恶言"。然而,诺曼为自己辩解,这是被"当时的情况"逼的,如果他不说脏话、骂人,其他孩子就会觉得他软弱可欺。他不能被别人视为"软弱",这一点对诺曼来说很重要。与这孩子进行了一番关于他的价值——不论是做白人还是做黑人——的简短谈话后发现,在他看来,他不适合做白人!
>
> 总的来说,他的情况这段时间算是相当稳定的,他的"正常"行为因其肤色而受到争议。

简单地说,我的社工和寄养父母认为,学校对我"正常"行为的评判完全是因为我的种族,对此我应该解释一下。妈妈告诉我,因为我的肤色,我受到了不应有的关注。这种对我"正常"行为的评语被他们视为过度的正面关注。我陷入了注定不讨好的境地,因为我的肤色显然引起了不必要的负面关注。他们不会看到我因为自己的开朗活泼而受到的正面关注,他们只会看到我因为别人的种族主义而受到的负面关注。

1978年7月7日,社工、寄养父母和我都在想,我会上哪所高中。

> 1978年6月10日,格林伍德太太从家里打来电话,并留了言。讨论始终围绕着诺曼择校的问题——诺曼和他的家人已经打算将阿什顿文法学校作为第一选择——因为他们知道这所学校是(接受各种资质学生的)综合学校。

然而，诺曼和同龄的孩子相处得并不愉快，而他们中的大多数人已经成了文法学校的学生，这件事引起了家人的重新思考，因为诺曼本人似乎对去那种学校并不满意。在最近的一次家长会上，数学老师说，以诺曼目前的数学成绩来看，他无法通过 *GCE*① 考试。他详尽地与诺曼的家人讨论了这个问题，并给出了自己的意见，如果不上文法学校，诺曼和家人将来一定会后悔的。诺曼发现他的不少同学都选择上文法学校，原因都是这个。

后来我们商量好周三早上我去学校见诺曼，他知道他的父母已经征询过我的意见了。

<u>1978 年 7 月 7 日</u>

1978 年 7 月 11 日，我 11 岁。我所在的初级学校出具了一份关于我的详细报告。报告内容如下：

学生的总体进步：

诺曼是个很热忱的学生，可惜他的热忱持续不了太久，缺乏持之以恒的毅力

---

① GCE（General Certificate of Education）是由英国教育部门颁发的一系列教育资格认证，包括不同级别的考试和证书，普通程度考试（GCE Ordinary Level）通常在学生 16 岁左右完成，高级程度考试（GCE Advanced Level）通常在 18 岁左右完成。——编者注

行为表现：

他有协作精神，热切地想要讨别人喜欢

脾气性格：

开朗活泼

人际关系：

擅长人际交往，人缘极好。而且很听话，非常遵守纪律

参加学校活动：

积极参加学校的各种活动，但缺少持之以恒的耐性

个人卫生：

永远干净整洁

总体评价：

诺曼是个讨人喜欢的孩子，性格开朗，就像一缕阳光，温暖又灿烂

1978 年 7 月 12 日，校长记录下的来自社工的反馈：

与琼斯小姐就诺曼的情况进行了一番讨论，琼斯小姐对这个孩子深表同情和怜悯，不过这完全是基于他的肤色（见最近的学校报告）。在报告中，她称诺曼是一缕阳光，并且她认为诺曼的肤色是他终生要背负的十字架。她希望新学校里的教师和员工对待他的态度能够更客观、更切合实际。

第十二章

不要理会那些无情的人
和腐朽的领主,
因为,每一天
光明都会驱逐黑暗。

1978年12月,社工在报告里说"格林伍德太太生了个女儿,名叫海伦"。格林伍德太太这次怀孕是个意外,目前这个家里有四个孩子和两个大人。

从1978年11月到下一次递交报告的这段时间里,社工一直没有来访,只打过两次电话。一部分原因是社工简·琼斯生病了。她再次打来电话的时间是1979年5月13日,也就是我12岁生日的8天前。

> 格林伍德太太打电话来说,前一天晚上诺曼与家人发生了争吵,诺曼甚至威胁要杀死全家人(除了出生不久的海伦)。最终,格林伍德太太把他送到了同样住在阿什顿的她母亲那里。

家访时，格林伍德太太对这件事表示很不高兴，同时也深表自责和内疚，认为自己让诺曼失望了，伤了他的心。这场争吵的起因是诺曼缠着克里斯，让他把板球拍借给他，因为诺曼自己的板球拍坏了。格林伍德太太让克里斯别借给他，因为诺曼太粗心，手上没轻没重，总是弄坏东西。诺曼曾劝过克里斯，要自己作出决定，不要总听妈妈的。格林伍德太太命令他上床睡觉，可克里斯和萨拉还继续待在诺曼的房间里不断招惹他，于是诺曼被激怒，威胁他们说要杀了全家。萨拉把这话告诉了格林伍德太太，格林伍德太太立刻发起火来，打了诺曼一顿，并把他赶出家门——把他送到了同住阿什顿的外公外婆那里。格林伍德太太认为，从某种程度上来说，她的做法是正确且合理的，因为诺曼的脾气太暴躁，她真的很害怕，她认为把诺曼送走也是对他的一种保护。这件事发生的时候，格林伍德先生不在家，他对自己妻子的做法表示很愤怒，并予以严厉的指责。这是他第一次在家庭问题上没有站在格林伍德太太这一边。

1979年5月13日

妈妈越是想打我，我就越想跑过去投入她的怀抱。我被送到外婆家住了一个月，直到1979年6月16日才回来。

诺曼一直沉浸在自己兴奋的情绪中，他觉得在家里安全的环境中心情要好很多。但他也同意，要控制一下自己的情绪，尽管他当时并没有做错什么。他骨子里虔诚的基督信仰让他感到很矛盾,但格林伍德太太对此深表怀疑。

诺曼发现自己陷入了一种非常艰难的境地,那就是自己与克里斯和萨拉更加不一样了——他被赶出了家。毫无疑问,他们永远不会让他忘记这件事。

商定了探访时间:6月20日下午。

我的家如今成了地狱,我做什么都不对。我做得越好,待遇就越差。我在骗人,我在骗大家,让他们以为我是个好孩子。为什么会这样?我一辈子都搞不明白。丹麦电影制作人凯特琳·里斯·克亚尔(Katrine Riis Kjær)拍摄了一部反映国际婴幼儿收养行业情况的纪录片《仁慈》(Mercy Mercy),片中有一个吃晚餐的场景让我非常困惑:一对丹麦夫妇在餐桌旁查看他们收养的女儿。那个孩子很不安,也很迷茫。只见养母低声对养父说:"你要看好她,必须时刻盯着她。"女孩听得很清楚。这个年幼的埃塞俄比亚女孩不知道发生了什么。这对她来说很糟糕。他们在她嘴里吃着东西的时候问她问题,然后斥责她没有礼貌、不回答问题。这让气氛更紧张了,简直糟糕透了。这个场景给人的感觉是,你一直被迫接受训练去爱他们,他们却一直在烦扰你。

与诺曼单独谈了大约10分钟,结果被一位突然来访的亲戚(阿姨)打断了。这显然让诺曼很不安,让他对自己在家里的地位感到担心——他承认自己很难控制住自己的脾气,但他坚称自己说的那些威胁的话并非出自真心。他确实意识到他的妈妈此时此刻承受了一些压力,尽管他并不明白为什么。我告诉了他一部分原因。他回答说,如果他之前意识到这些就好了,他现在对这种无力控制的局面更加感到沮丧不安了。

1979年6月16日

我并没有威胁要杀死全家人,我也没有恐吓他人的前科。说实话,我可能对我弟弟说过"我要杀了你",但这是兄弟之间在吵得最凶的时候脱口而出的话。无论如何我也不相信我8岁的妹妹会说"妈妈,诺曼威胁我要杀死咱们全家——除了海伦"。毕竟我当时才12岁,刚上高中!之后,社工简·琼斯不知所终。接下来的报告是1979年11月的,写于他们把我永远赶出家门的几天前。

> 格林伍德太太打电话,要求我去探访。
>
> 随后我去了她家。格林伍德太太刚下班回来,她说他们昨晚去学校参加了家长会,听到了很多关于诺曼的负面消息。
>
> 她说诺曼太调皮捣蛋,她有时觉得这孩子"道德败坏"。她告诉我,诺曼抽烟、骂人、偷东西,一堆坏毛病,还说他似乎对自己是黑人这件事怀恨在心。
>
> 她说她对诺曼的忍耐已经快到极限了,她觉得自己和丈夫为诺曼付出了那么多,可那孩子不但不感激,反而心存怨念。
>
> 她说她已经把自己所能给予的一切都给了诺曼,已经给不了别

的了,所以诺曼不能继续跟他们住在一起了,得把他送到别的地方,这样他们才能弄清楚诺曼为什么会有那么强烈的"逆反"情绪。她说她会留诺曼住到周末,周末过后就得把他送走。

1979年11月2日

我高中时期唯一的报告写于1979年夏天。关于寄养儿童的报告名称各有不同。这份报告是"寄养儿童定期学校报告",内容如下:

学生的总体情况:
状态稳定,进步很大
行为表现:
课上表现良好
脾气性格:
活泼开朗
人际关系:
是大家的开心果,有很多朋友
参加学校活动:
积极踊跃
个人卫生:
干净整洁

> 总体评价：
> 进步很大，诺曼在学校的第一年适应得很好
>
> 校长：基思·艾伦（Keith Allen）
>
> ---
>
> 格林伍德太太打来电话，说诺曼在她母亲那里住了两周，这让她喘了口气。周六的时候，诺曼对他们撒谎了。他说他没有被留校，但后来才知道他周六上午是应该留校的。格林伍德太太与拜尔查尔高中的希克斯（Hesketh）女士交谈了一番，决定把诺曼送到儿童精神科医生那里看一看。显然，诺曼不肯穿校服，还坚持要穿红色的袜子。格林伍德太太认为他这么做显然是"不合群"的表现。她说她知道诺曼抽烟，却不知道他买烟的钱是从哪儿来的。
>
> 我问她为什么送诺曼去她妈妈那里住，格林伍德太太说她的其他几个孩子有时也会被送到外婆家住。
>
> 1979 年 12 月

我觉得我已经尽了全力向他们表明我对他们的爱，我也做了一切我能做的事情，向上帝表明我爱他，不过我还是得请求上帝的宽恕。他们永远都是我的父母，对吧？我仍然是她唯一的阳光。

1979 年 12 月 1 日的社工报告上说，妈妈给负责我的新社工诺曼·米尔斯（Norman Mills）打电话，让他把我带走。

> 与诺曼的寄养父母在电话里交谈，他们两人都坚持说今天必须把诺曼送走。我解释说我们应该好好商量一下，除了我别的地方之外，还应该讨论一下其他问题。最终敲定我要在1980年1月2日这天去见他们，并在伍德菲尔兹（Woodfields）给诺曼安排一个临时住处。
>
> 1979年12月1日

诺曼·米尔斯后来对我说，他告知我的寄养父母，他们作为父母，曾经对我作出承诺，因此现在要求社工把我带走的做法是不对的。所以我并没有走。

妈妈一次又一次地说："你故意违抗我们，因为你知道你有地方可去——儿童之家。"她反反复复地说了很多次，这样我就不能否认说我不知道这个地方（即使我知道自己有地方可去，我也不想去，因为他们是我的父母，这里是我的家——他们说过他们永远是我的父母，我无法想象除了这里我还能去哪儿，我怎么可能离开呢？），因此，当她对我的叔叔阿姨说"他知道他有地方可去，所以他就用这一点来对付我们"时，我依然无法否认。

有两种办法一定可以把孩子送走：你可以说，如果不把这个孩子带走，他自己可能会受到伤害；你也可以说，如果不把他带走，他可能会伤害别人。

第十三章

他在夜晚失去踪迹，
他们缩回指尖，
没人触碰到他——光，
除你之外。

1979 年 12 月底的一天，我表现得很兴奋，因为有家庭会议，也因为只有我和爸爸妈妈三个人参加了家庭会议，没有那些兄弟姐妹——这让我觉得自己很重要。我坐在桌子旁，妈妈紧张地看着我。

她对我说："你不爱我们，是吧？"

我说："不，我真的爱你们。"

"我们希望你接下来的一天认真思考一下什么是爱，读一读《圣经》，然后明天告诉我们最诚恳、最真实的答案。"

果不其然！这其实是妈妈和爸爸一道明确的指示。我将这个问题仔细考虑了一天一夜。我读了《圣经》，并向上帝祷告，看看上帝是否会借着《圣经》里的话告诉我答案。不过我心中其实已经有了答案：我当然爱他们，因为妈妈总说爱是毋庸置疑的。不过，我又彻底地思考了这个问题。

如果他们问我是否爱他们，且他们教了我关于爱的一切，那也许我并不爱他们——否则他们就不会这么问了。我得出了他们希望我得出的答案。他们希望我求得上帝的宽恕，希望通过上帝让我学会爱。上帝的爱会通过我照耀他们。在浸信会中，一个罪人必须为他的罪求得宽恕。这个逻辑完美无缺，这个问题提出的时机无可置疑，其答案也必然要像一个罪人的忏悔一样谦卑坦诚。

第二天，告诉他们答案的时间到了。我胸有成竹地回答了这个问题，因为我自认为已经找到了他们希望听到的答案。"我并不爱你们，"我凝视着他们的脸，想看看我是否说对了，"但我会请求上帝的宽恕……并学着去爱你们。"这个答案再完美不过。寻找的，就寻见。① 这就是他们想要我寻找的答案。我肯定找到了。

妈妈的目光紧紧地盯着我，就好像我把她打伤了一样。

"你不爱我们？不想跟我们在一起吗？"

这一切发生在他们给社工打电话的第二天。

---

① 出自《新约》中的《马太福音》。——译者注

圣诞节后，格林伍德夫妇留了消息，说他们不需要再进一步跟我讨论，想让我直接把诺曼带走。

在电话里与诺曼的寄养父母进行了交谈。他们两人都坚持说诺曼今天必须离开。我解释说我们应该好好商量一下这件事，除了找到合适的地方之外，还有一些问题也需要讨论。最终我们约好了在1980年1月2日见面，并将在伍德菲尔兹为诺曼安排一个临时住处。

1979年12月31日

在格林伍德家与这对夫妇及诺曼进行了交谈，尽管家里还有其他家庭成员，可惜却对这种复杂的局面没有任何帮助，诺曼自己坚持要离开。

我们进行了长时间的讨论，但对方的态度却越来越强硬，因此我决定把诺曼带到伍德菲尔兹。

在途中，与诺曼聊天时获悉了几件事情：1）诺曼因为吸烟被格林伍德先生用皮带抽打；2）诺曼每天晚上7:30就得上床睡觉；3）他几乎没有什么零花钱；4）格林伍德夫妇不允许他参加少年俱乐部或美术班，就连学校组织的少年俱乐部也不能参加。

1980年1月2日

伍德菲尔兹

他们不会把我扔在这儿的,这只是一个休整期。一定是的。

第十四章

夜晚无法驱走黑暗，
唯有光明能让黑暗无所遁形；
恐惧无法驱除恐惧，
唯有爱能让恐惧荡然无存。

1980 年 1 月 3 日，距离威根社会服务部向埃塞俄比亚的某个地址寄送那份特殊的"通知"，已经过去了整整 10 年零 1 个月。

我离开的时候，妈妈不肯拥抱我，于是我拥抱了她。诺曼·米尔斯——负责我的新社工，在门口等着我，他温柔地把我领上车。我回过头，看见格林伍德一家人早已进了屋，因为怕被邻居瞧见。车里弥漫着失落的气氛。妈妈说，他们永远不会来看我，因为是我自己选择离开他们的，因为我不爱他们。

车子经过肉铺、药店和威根路，经过花儿公园和大公园，然后到了我第一个女朋友戴安娜（Diane）的住处附近，我每次经过这里，都希望能见到她。车子经过我曾经就读的初级学校和拜尔查尔高中，再之后经过的就都是陌生的地方了。车子行驶在东兰开夏路上,这条路有两条车道,只有一个目的地。

从此,再也没有了张开的双臂和热情温暖的拥抱;从此,一切都是新的开始——只有冷冷清清的圣诞节和无人问津的生日;从此,我身边再也没人靠近。我12岁了。这一切都是我的错。这是我自己选择的。走完这段路大概用了45分钟——或许是45秒,也或许有45年。

在车里,我对诺曼·米尔斯说:"我知道,这都是我的错,我会请求上帝的宽恕。"

> 莱姆7个月大的时候被送到格林伍德夫妇家寄养,当时他们没有自己的孩子。但后来,他们有了3个自己的孩子,其中年龄最大的一个孩子叫克里斯托弗,是在莱姆大约1岁的时候出生的。莱姆一直住在格林伍德家,直到1980年1月,他搬到了伍德菲尔兹儿童之家,当时他12岁半。因此他从未了解过其他家庭的生活是什么样的。虽然莱姆同格林伍德一家的关系已经破裂,但他仍然视自己为格林伍德家的一员(现在他们的关系早已淡漠疏远)。
>
> 莱姆和他的寄养父母之间的关系长时间紧张,不过人们普遍认为莱姆在寄养家庭中还是获得了一定的安全感。然而,莱姆对格林伍德夫妇极为古板的基督教信仰难以接受,这似乎最终导致了他们关系的紧张乃至崩溃。莱姆进入青春期后,开始质疑,与其他同龄人相比自己缺乏自由,这一点受到了寄

养父母的指责和批评。格林伍德夫妇表现得十分固执和严苛，缺乏宽容和灵活性，他们无法容忍莱姆对他们基督教信仰的反叛……莱姆决定不去当地的中学上学，这让他们无法接受。他们对莱姆的学业一直寄予很高的期望。他们认为莱姆不够努力，并且整体来说不太适应学校。他们将这些问题视作莱姆对他们有意见的表现。

最终，格林伍德夫妇要求将莱姆送走，不过他们声称是莱姆本人想离开，这在很大程度上淡化了他们心中可能存在的内疚感，使他们的决定合理化。

诺曼·米尔斯目不转睛地盯着前面的路，双手紧握着方向盘。他打开转向灯，悄悄把车停在路边，然后关掉了引擎。"不，这不是你的错。你没犯任何错。"我不知道他这话是什么意思。他肯定是脑子不清醒。这就是我的错，如果不是我的错，那为什么永远也回不了家了？

道路向前延伸，我们开车穿过洛顿镇（Lowton），在雷伊镇（Leigh）中穿梭，到达果园巷，池塘边长满了芦苇。"这里被称作幸运谷。"诺曼·米尔斯说。但当时我的眼睛正盯着公路另一侧远处的豪宅。果园巷这条路坑坑洼洼，汽车剧烈地颠簸，颠得米尔斯和我左摇右晃。我把手放在仪表盘上，抬头看着高耸的巨大的树木，悬铃木和山毛榉树下是一簇簇菊花。车子拐进了通向伍德菲尔兹儿童之家的车道，我看到一个满脸脏兮兮的男孩穿过灌木丛，盯着我们的车，然后转身跑开了。这里是另一个世界，是妈妈所说的我迫切想去的那个外面的世界。可我并不想去。

我们绕过儿童之家的前门,走到一排台阶前,台阶上的大门正对着一个巨大的花园。那天是 1 月 3 日,大多数孩子都不在这里,都和他们的家人团聚去了。四周寂静无声。

一股气味扑面而来,那是温尼克精神病院的味道。我靠着墙站在走廊里,诺曼·米尔斯和一个男人一同走进了一间办公室。我听见巨大的房子里传来阵阵窸窣的声响。这简直就像《五伙伴历险记》中的一次冒险。

12 岁的我静静地站在大厅的两扇门之间,其中一扇门通向一个看起来像是游戏室的地方。我偷偷地看了一眼,又看一眼,再看一眼。我沿着大厅朝左边走去,一条窄窄的走廊依次通向厨房、餐厅、后门和楼梯下的地窖。大厅的右侧是前门和瓷砖铺就的门廊。距离我眼前约 60 厘米的地方是主楼梯的栏杆,我从没见过那么高大的楼梯栏杆。我的心怦怦直跳,差点儿要从胸口跳出来,恨不得立刻跑回格林伍德家,把我看到的一切都说给他们听。

我不再靠着墙,而是把手放在身体两侧,站得笔直,还挺了挺肩膀,看上去就像个听话、守规矩的孩子。我把手从口袋里拿出来,显得很乖巧,然后左看看、右看看。为了给人留下好印象,我要知节守礼,懂得跟别人握手。我一遍遍地练习着说:"您好!您好!您好吗?"

我曾经在家里跟爸爸在起居室——那间装饰豪华的房间里练习过这些礼节,后来我去了教堂,教会里的人也教过我这些礼节。

我又左顾右盼起来,然后露出了一个大大的笑容,以示友好。

第十四章

周围其实没有人，我只是在练习。这种感觉很好，于是我又咧嘴笑了一次。

妈妈说这样做是骗人的，但事实并非如此。我尽可能长时间地保持笑容，感觉好极了。当我笑的时候，有种心花怒放的感觉。然后我问自己，我能不能在屏住呼吸的同时保持微笑。我试了试，直到喘不过气为止。我又问自己，我能不能在屏住呼吸、保持微笑的同时，想一些非常悲伤的事情，可想了半天也没想出什么悲伤的事情来，实在想不出来。好吧，我对自己说，那就想想你一直拥有的东西，再想想它们突然都没了。很好，对，就这样，开始深呼吸，1——2——3……

我屏住呼吸，同时保持微笑，然后不禁想到：爸爸和妈妈再也不会出现在你的生命里了。没人再回来了。你失去了所有人，所有人！这都是你自己的错。我要保持微笑，于是我屏住呼吸，继续笑着。这都是你的错。我屏住呼吸，挺直肩膀，继续保持微笑。这都是你的错。保持微笑、屏住呼吸。我瞪大眼睛，几乎快把眼球瞪出来了。我看着钟表上的秒针。保持住，保持住。我是一个站在走廊上微笑着的男孩，看上去却像在惊声尖叫。最后我实在憋不住了，倒吸一口气，大口喘息，以补充体内缺失的氧气。

这就是我所知道的事情。我的世界分崩离析，一分为二——好的和坏的，坏的代表邪恶，好的代表虔诚。在好人眼里，我是坏人，我偷吃罐子里的饼干，还撒谎；我在外面待到很晚，还编造不回家的借口，并对家人撒谎；我和兄弟打架，所以才被带到这儿来。我成了别人眼中的笑柄，我性格顽劣，奸诈狡猾，内心阴暗恶毒，是个"没有道德"的人。我的父母很好，是我伤了他们的心，但他们并没有离开，他们把我送到了这儿，就和以前把我送到外婆家是一样的。他们不会把我扔在这儿的，这只是一个休整期。一定是的。

我刚刚平复情绪，就有一个男孩不知道从哪里突然冒了出来。他就像天花板上趴着的壁虎一样，静悄悄的，没人注意到他。他激动得浑身打战，声音颤抖着说："该死的，你、你、你是谁？从、从、从哪儿来的？"

他连珠炮似的问了我一大堆问题，我一个也答不上来。

"你、你、你是从哪儿来的……"

这个男孩名叫杰克（Jack），看起来比我年纪小。

"你好，我叫诺曼。"我伸出手去，打算跟他握手。

我很清楚待人接物的礼节。比如，我吃饭时会一直注意不把胳膊肘撑在桌子上；我平时说话会使用"请""谢谢"等敬语。这并不是因为我狡猾，而是我从小接受的教育就是这样的。杰克歪着脑袋，盯着我伸出去的手，仿佛我是个外星人，他脸上带着疑惑又兴奋的表情，然后突然伸出双手，揪住我的耳朵扭来扭去，嘴里还尖叫"巴拉……巴拉……"，然后就大笑着跑远了。

当我听到大人们的脚步声时，还呆呆地愣在原地没缓过神来呢。社工诺曼·米尔斯身旁跟着一个名叫约翰·哈丁（John Harding）的男人，他挺着啤酒肚，抽着雪茄，是个"曼城"[①]球迷，是伍德菲尔兹儿童之家的负责人，也就是这里的老板。这里有15名员工，包

[①] 即曼彻斯特城足球俱乐部。——编者注

括清洁工、园丁、洗衣工和常驻社工。在那个年代，儿童之家就相当于社区当地的就业中心。

哈丁先生胸肌发达，操着一口浓重的戈顿口音，他看起来好像总有什么事情瞒着你、不想让你知道似的。

他带我参观了餐厅和厨房。厨房的环境很像暗黑版的《爱丽丝漫游仙境》（Alice in Wonderland），我就像喝了一种能让人缩小的药剂。厨师打开了工业用的土豆削皮机，厨房里充满了隆隆的机器声，像打雷似的。橱柜里满满当当的都是杯子。我从来没见过一所房子里住这么多人。

地窖看起来令人害怕，低矮的天花板上装着闪闪发光的条形灯，里面弥漫着一股潮湿的味道。"在维多利亚时代，这里是仆人工作和生活的地方。"哈丁说。地窖里有个房间，只比一张乒乓球桌大一点点。接着我们参观了洗衣房，那里摆放着用来熨烫床单的工业蒸汽压烫机，还有长长的、摆着长椅的走道，长椅下面是一排排的鞋子。

在之后的日子里，我有无数次打乒乓球的机会。我把乒乓球桌推到墙边，一个人打——一个人进行单手扣杀，一个人防守和进攻，打出旋转球、高抛球、削球和切球。我的身体像精灵一样在坚硬的地面上围着乒乓球桌闪展腾挪。我想象着自己与克里斯托弗比赛——当然，我会让他赢。

爸爸妈妈一定警告了家里所有人，让他们离我远点儿。当时我没有意识到，往后的余生，他们都不会再跟我有任何联系了。我的外公外婆、叔叔阿姨，还有那些表亲们，也都永远地从我生命中远去了。妈妈和爸爸肯定会对家里人说:"我们无法联系到他。他离开了我们。这是他自己选的。我们给了他一切,可他还是选择离开。"

每当我被人叫走,被迫中断与我想象中的兄弟的比赛,离开乒乓球台时,我都会说:"克里斯,咱们改天再比,好吗?"

我所有的私人物品都要放在床边的储物柜里。我问他们什么时候把我的衣服和玩具运过来,那些东西都在我之前那个家中的行李箱里,上面写着我的名字。那个箱子是外公给我做的。但那些东西并没有被运来,我床边的储物柜里根本没有什么东西可放。

在接下来的几周里,儿童之家挤满了孩子,大多数孩子都有所谓的家人,可我没有。

第十五章

清晨你来见我，
在夜晚的余韵中，
彼时薄雾渐起，
希望已逼近。

彼得·利比（Peter Libbey）是我的第一个朋友，他比我早一年来到这儿，他有一半中国血统和一半英国血统。他的姐姐米歇尔（Michelle）比他大一岁。利比看了我一眼，脸上带着灿烂的笑容，用一口浓重的雷伊镇口音说道："对，乔基·怀特（Chalky White）[①]，就是你，乔基。"从那时起，"乔基·怀特"就成了我的绰号。每个男孩都想有个绰号，所以我很高兴。

利比把我带进了一个新的世界。他不一定是儿童之家里最难相处或脾气最大的人，但绝对是最有趣的。他还是一名英式橄榄球运动员。英式橄榄球是雷伊镇的第一运动，我们经常去柯尔霍尔区看

[①] 当时，一名颇受欢迎的白人喜剧演员扮演了一个懒散堕落、吸毒成瘾的西印度群岛人，这个角色名叫乔基·怀特。——作者注

比赛。利比非常聪明，像狡猾的神偷道奇①一样，既是个幸存者，也是个掠夺者。他十分努力，想让人们都喜欢他。他叫我"乔基，我的哥们"，意在表明他坚决反对那些极端种族主义的激烈言论。他鼓励我勇敢面对那些无法逃避的事情，还劝我把那些言论当作笑话，不然难受的只有自己。利比警告所有人不要招惹乔基，因为那是他的哥们，他这个哥们人很好。我经受了一次宛若脱胎换骨的洗礼，在这个过程中，利比给我的支持和鼓励令我终生感激不尽，且无以为报。尽管后来我厌烦了自己的绰号，但现在我明白过来利比都为我做了什么。我真的很感谢他。

他带我去看那些吱嘎作响的楼梯，并且教我晚上怎么踩楼梯才不会发出声音。二楼楼道的一侧有三间很大的男生宿舍，另一侧是女生宿舍，每间宿舍住 4~7 个人，利比的姐姐就住在女生宿舍。女孩们经常坐在床上整晚聊天。来这里的头一个月，我几乎没怎么睡觉。床单破旧不堪，让人不想靠近，毯子也很粗糙，床铺就是用几块硬木板搭成的，床垫很薄。儿童之家里的员工教我的第一件事就是如何铺床单、叠被褥。每天早上都会有人来检查我们的床铺，如果整理得不好，他们就会立刻把床单撤下来让我们重新铺。

儿童之家的孩子随时可能"消失"。每当有车来的时候，我们都会把脸贴在窗户上往外看。下一个被领走的是谁？下一个"消失"的是谁？我们就像电影《童梦失魂夜》（*Cité des Enfants Perdus*）里的孩子，一个接一个地离开。不到一个星期，我就看明白了，儿童之家就是个"牲畜候宰栏"。

---

① 神偷道奇（Artful Dodger）是电影《雾都孤儿》（*Oliver Twist*）中的角色。——译者注

几天后,我第一次在儿童之家看到了一场激烈的冲突,发生在餐厅。当时儿童之家大约有 20 个孩子,一个名叫雷德(Red)的腼腆的高个子男孩突然站了起来,把餐桌掀翻到自己身后,还把椅子踢到了墙上。哈丁先生冲进餐厅,一把抓住雷德,把他按倒在地。雷德进行反击,但哈丁先生训练有素,雷德根本不是对手。雷德的行为将会被写进报告里,并得到相应的惩罚。他会从儿童之家消失,这一点我们都很清楚。我们都知道这里的人对我们心里的创伤根本熟视无睹,毫不在乎,他们只想让我们浑浑噩噩地度过每一天,按部就班地完成任务和他们交代的事情,别制造麻烦,直到离开。我不得不假装自己过得很好,并希望自己脸上的笑容能一直保持下去。

> 在伍德菲尔兹见到诺曼。他目前看上去很开心,与寄养家庭相比,他在这里"相对来说"更为自由。他坚称他想继续在阿什顿的拜尔查尔高中上学。我之前跟他说过,等过完周末,学校正式开学,我会帮他联系学校。我知道格林伍德夫妇不希望诺曼继续留在那所学校,因为他们觉得他会给他们的儿子克里斯托弗带来麻烦。
>
> 1980 年 1 月 4 日

> 与拜尔查尔高中的负责人艾伦(Allen)先生进行了交谈,但他认为诺曼不应该继续留在这里学习。

我将此事告诉了伍德菲尔兹的哈丁先生，并约好时间去拜尔查尔高中与副校长希克斯女士见面。

1980年1月8日

去拜尔查尔高中与希克斯女士面谈。她认为诺曼在学校里出了一些小问题，比如不写作业、私自贩卖饭票等，但除此之外，并没有犯过什么严重的错误。然而，诺曼在学业上表现不佳，总是态度懒散，不够专心。希克斯女士认为诺曼应该参加学校的迪斯科少年俱乐部。

社工 诺曼·米尔斯

1980年1月14日

在伍德菲尔兹探望诺曼。他对拜尔查尔学校作出的决定感到十分不悦，也不愿意去雷伊的教会中学上学。他对上学感到厌恶，对寄养家庭也十分不满，但他仍想尽快见到格林伍德一家。不过诺曼不想回家，他觉得很尴尬，因此我提出与格林伍德一家在周六（1980年1月26日）见面，并带他一起去，让诺曼自己决定去雷伊还是回格林伍德家。对这一建议，诺曼表示可以接受。

社工 诺曼·米尔斯

1980年1月18日

与格林伍德一家通了电话，安排他们周六与诺曼见面。格林伍德太太明确表示他们只愿意在约定日期与诺曼见一次面，我们的沟通顺利无阻。我们约好双方于1980年1月23日见面。

<u>1980年1月21日</u>

去格林伍德家见面，但收效甚微，感觉就像朋友来访，只有数行的问候，并无深入交谈。

<u>1980年1月23日</u>

诺曼被护送到寄养家庭。他并没有受到热烈的欢迎，家里的两个大一点儿的孩子也没有出现。我待了一会儿就离开了。

格林伍德夫妇后来把诺曼送回了雷伊，但没有把他送到儿童之家的门口。

<u>1980年1月26日</u>

诺曼今天逃学跑到了阿什顿。我过去接他，把他带回了伍德菲尔兹。这个小家伙对新的学校和雷伊这个地方不太满意，周六与寄养家庭的见面也不怎么顺利。诺曼说格林伍德夫妇不让他见家里其他的人，并在晚上早早地就把他送回了伍德菲尔兹，他一整天都没见到格林伍德家的几个孩子。

<u>1980年1月</u>

有段时间我因病请假，其间格林伍德夫妇允许诺曼在学期中放假时回家住一晚。然而，当诺曼回到伍德菲尔兹时，他非常不高兴，因为格林伍德夫妇告诉他，除非他变成完全符合他们期望的样子，否则他永远也不能回去和他们一起生活。

社工 诺曼·米尔斯

1980年2月8日

负责我的社工诺曼·米尔斯并不清楚，其实我的寄养父母根本不想带我回去。我对此也很不理解。我无法想象自己再也回不到那个家了。我的社工根本不知道，他们强行灌输给我糟糕的想法，逼我相信自己心中有邪念，就是这种邪念驱使我离开他们的。我在对这种"邪念"一无所知的情况下与它抗争，最终落荒而逃——逃到他们眼前，乞求他们的帮助，因为除了他们之外，我没有别的人可以求助。

在被寄养的孩子身上，寄养家庭虚伪的和睦表象之下的裂痕会被暴露出来。寄养儿童是开启一个家庭异常状态的密码，也是一个预言家。但对一个孩子来说，这份责任太大了，大得难以背负，最终他会发现自己被操纵了，并且无缘无故地受到了指责。这种天真所招致的伤害是沉痛且黑暗的。

我的寄养父母说他们永远是我的父母，他们教我喊"妈妈"和"爸爸"，他们培养我，他们说我的生母抛弃了我，而他们才永远是我的父母。我写这本书就是为了让他们明白到底发生了什么。他们偷走了我的记忆。他们给我的唯一感受就是我应该从这世界上消失。

1980年5月2日，此时，距离我的生日还有19天。

> 诺曼对自己目前的处境感到万分沮丧，对于将被安置到其他寄养家庭的安排也感到十分警惕和不悦，他现在似乎对格林伍德夫妇的拒绝和排斥感到非常难过。
>
> 去伍德菲尔兹看望诺曼。自2月份与格林伍德夫妇见面以后，他们就再也没有联系过，诺曼也不愿再联系他们。我曾试图劝说诺曼至少与他们保持联系，但他拒绝这么做。
>
> 诺曼在目前就读的学校里经常捣乱，对学校里的许多教职人员也抱持负面态度。他曾试图与"伍德菲尔兹的一个小子"较量，偶尔也会在儿童之家被身体更强壮的男孩欺负。总的来说，现在的诺曼更"好斗"，这完全不符合他的性格。他仍然对自己有可能再次被寄养而感到厌烦和不满。
>
> 1980年5月2日
>
> ---
>
> 今天是诺曼的13岁生日。
>
> 社工 诺曼·米尔斯
1980年5月21日

去伍德菲尔兹看望诺曼，他的心情比我上次看到他时平和了许多。生日当天，他并没有收到来自格林伍德家的贺卡，不过还好贺卡第二天送来了，里面还有一张5英镑的纸币。这让诺曼非常高兴。

最近我得知格林伍德太太的父亲去世了，于是我立即联系了格林伍德夫妇，因为诺曼非常喜欢他的这个外公。我问他们是否愿意亲自将这一消息告知诺曼，他们不同意，所以最终由伍德菲尔兹的工作人员把这件事告诉了诺曼。诺曼平静地接受了这个事实。

我们今天就埃塞俄比亚人的话题与诺曼的母亲进行了一场有趣的讨论，诺曼显然很喜欢这种讨论，我觉得这样对他很有帮助。他对再次被寄养的想法不再那么抗拒了，但是仍然担心寄养会以关系破裂收场。他说他不愿去有色人种寄养家庭。

学校对诺曼来说仍然是个不开心的地方。但他把这归咎于自己的态度。他今天被一个来自伍德菲尔兹的男孩打了一顿，但他似乎并不恨这个男孩。幸运的是，诺曼伤得不重。据工作人员说，他最近明显开心多了，并且很期待这个月与儿童之家的其他孩子一起去度假营玩儿。

1980年6月5日

1980年5月21日，我在儿童之家过了第一个生日，没有人打电话来祝我生日快乐。

第十六章

我在雨中劳作,风暴说,
雷电击碎了他的心;
我在光明中苏醒,黎明说,
并在黑暗中旋转太阳。

我很快就适应了新的生活,一切都按部就班地进行——值日表、铃声、起床、吃饭、擦鞋、下午茶、叠床单、收拾厨房。我的生活成了一套系统,我能否留在这里取决于我的表现。没有人爱我。我厚着脸皮问这里的工作人员他们为什么选择在这里工作,他们总会说:"我做这份工作是因为我喜欢孩子。"然而在我住儿童之家的这段时间里,从来没有听他们说过:"我做这份工作是因为我爱你。"我变得沉默寡言,像个隐形人。我在伍德菲尔兹已经待了11个月了。

今天探望了诺曼。当我跟他谈到摄入兴奋剂的事情时，他的情绪很暴躁。他坚称伍德菲尔兹有几个男孩也这么做。这件事我早就听说了，然而，我还是郑重地跟他强调了这种行为对身体的危害，并希望他能够理智些，多动脑子。

　　诺曼非常坦率地谈起了他最近与格林伍德夫妇的来往。最初他带着给全家人的圣诞节礼物前去拜访，和格林伍德家的关系再次升温，格林伍德夫妇明确表示诺曼的表现确实"有进步"。据诺曼说，格林伍德夫妇当时还说有可能让诺曼回去，重新跟他们一起生活（但他们并没有联系我，或者告知伍德菲尔兹的人让诺曼搬回去）。然而，诺曼意识到，只有当他以寄养儿童的身份表现得很完美时，这个家庭才会接纳他。可他做不到永远保持这种伪装，也不想这么做。

　　诺曼很高兴自己与格林伍德家能维持表面的和谐，我也觉得这样的态势很好，而且这是这个孩子自己决定的，他不想永远待在那个家里，他也不打算跟他们一起过圣诞节。伍德菲尔兹的工作人员对此十分满意，他们也都支持诺曼的这个决定。对诺曼来说，作出这个决定显然不是那么容易，他无疑背负了巨大的情感压力。

1980年12月12日

　　当巨大的三角形喇叭里传来吃晚饭的铃声时，整栋楼立刻炸开了锅，孩子们纷纷行动起来，有的从卧室冲到楼下，有的从地下室

冲上楼，有的从主楼梯上飞跑下来，有的从花园跑进楼里，后门、前门、地下室、屋顶、楼外的防火梯、树林里，到处是孩子们奔跑的身影，他们都冲向同一个目的地——餐厅。有人在走廊里故意撞我的后背——是丹尼（Danny）。那家伙的胳膊不是一般地长，腿也很长，皮肤蜡黄粗糙，牙齿长得也不好。我转过身，怒气冲冲地瞪着他。他看着我，好像在说"怎么了？"。

晚饭两个小时后是吃夜宵的时间，根据年龄，孩子们会被分派两种不同的夜宵，通常有热巧克力和饼干。吃过夜宵，我们穿着睡衣看电视，然后关灯上床睡觉。

1980年平安夜前夕，负责我的社工了解到格林伍德一家是怎么对待我的，了解到他们表面上的敷衍。他们始终把手放在身体两侧。我一下子意识到，长久以来，一直是我在拥抱他们，而他们并不想拥抱我。我不想让我的社工问他们是否同意我圣诞节去看望他们，我想让他们主动关心我，告诉我圣诞节不要一个人过。所以我做了他们希望我做的事情——远离他们。尽管我很难理解，但我还是意识到他们并不欢迎我。我是不受欢迎的人。

> 然而，这一切有一个不幸的副作用——诺曼现在拒绝考虑去另一个寄养家庭，因为他无法再次面对自己被寄养家庭厌恶或排斥的情况。不过，随着时间的推移，这些想法也许有望改变。诺曼还拒绝了一名记者的采访，那位来自雷伊的记者想要讨论关于照顾寄养儿童的问题。

> 去伍德菲尔兹看望诺曼，给他带了礼物，但并没有见到他，因为所有的孩子都去看圣诞节童话剧了。工作人员给诺曼买了一块手表作为礼物，除此之外还送了他别的礼物。人人都希望他度过一个快乐的圣诞节。诺曼没有再与格林伍德家有进一步的联系。诺曼来到儿童之家后，格林伍德夫妇没有来伍德菲尔兹看望过他。
>
> 社工 诺曼·米尔斯
1980 年 12 月 24 日

那年夏天，来自英国西北部各地的孩子们跟随一列由黑色出租车和大客车组成的车队，来到了兰开夏郡的布莱克浦（Blackpool）观看一档全民明星现场节目。那次节目的特别嘉宾是知名演员莱尼·亨利（Lenny Henry）。在节目录制过程中，莱尼指挥台下的观众做起了"人浪"。他面带微笑，亲切地说："我需要一位观众上台来。"他表情夸张，手抵住额头，装作挡住光线，在观众席里从左到右扫视了一遍。一个墨西哥人挥舞着双臂，大声喊着："我，我，我！"而我们队伍里所有的孩子都指着我大声喊道："他，他，他！"

被儿童之家收留的那段日子，在我的记忆中已经变得很模糊，而且随着时间的流逝，也没有人跟我一起回忆这段时光了。几个月后，我会被送到另一个家庭，和一群完全不了解我这段时光的人生活在一起。没人记得的事情，又怎么会重要呢？由于儿童之家的员工们都不拍照，我也就没有什么可带走的留作纪念的东西。人就是这样被视而不见的。这不是一种会侵蚀记忆的记录匮乏，这是一种隐隐的不友善，让你觉得自己无足轻重。作为孩子，我们内心深处的自我价值感就这样在不知不觉中被消耗殆尽，于是我们便学会在众人的目光中将自己隐藏起来。家庭生活，就是家庭成员终其一生都在不断争论、解析和回溯的一组记忆，不是吗？如果大家都对此漠不关心，那么这些关于家庭的记忆还存在吗？后来，我不得不查阅维基百科，想看看莱尼·亨利是否真的曾在布莱克浦演出。我查到了。维基百科上果然有相关记录。

"你！你叫什么名字？"莱尼·亨利问我。我无法回答，因为周围的人都在大声喊着："诺曼！诺——曼！"

"好吧，诺曼，上台来吧。"他说。于是我从座位上站起来，走过通道，迈上台阶。登上舞台之前，我紧张得要命，但上了舞台之后，我便无所畏惧了，就像回到家一样。舞台上的灯光都打在我的身上。我看看我面前的这个男人，他跟我一样，是黑人，并且是个大明星。

就这样，我第一次登上正式舞台的时候，是跟大明星莱尼·亨利站在一起的。不过，除此之外的事情，我都记不清了。

对于布莱克浦的那场演出，莱尼·亨利后来这样评价："那个夏天，我第一次感觉到我的表演得到了观众的真正意义上的回应。"

对我来说也是如此，我爱这种感觉。

第十七章

我们是狂野之火,
狂野如风,
狂野如黎明,
狂野发自内心。

在伍德菲尔兹,香烟很重要。我很快学会了吸烟,它就像毒瘾一样让人欲罢不能,甚至会纠缠一生,使人减寿。我当时 12 岁,正处于最容易上瘾的年龄,但那些工作人员根本不在乎我们,所以不会告诫我们不要吸烟,甚至在外面给我们设置了一个吸烟区。既然大人都不在乎一个 12 岁的孩子吸烟,那孩子自己就更不在乎了。同理,如果大人都不想拥抱孩子,那孩子怎么会觉得自己可以被拥抱?没有得到过大人的拥抱的孩子,心理会受到什么影响?我变得越来越孤僻,不愿被人触碰。我们都是这样的。孤僻的孩子们对此心照不宣。

所以,也难怪一些这样的孩子会去伤害别人。丹尼从一开始就跟我过不去,但他在等待时机。我想出了侮辱对方的办法,就是假装看不见对方，晾着对方。这对我来说是个强大的武器，因为人人都喜欢乔基，所以我就利用这一招来对付丹尼。我从他身旁走过，或是在他周围转悠，就像根本没有他这个人似的。我内心已经痛苦得无以复加，因此没人能给我带来更大的痛苦，我无所畏惧，不惧怕霸凌，也不惧怕受伤。

所有的打架事件都一样，发生得很快，也持续得很久。在卧室里，丹尼把一个储物柜的门拽了下来。我知道他要拿那个东西砸我，便立刻伸出手来挡。他狠狠地用柜门砸我，动作又快又猛，跟没头的苍蝇似的一通乱砸。没有人阻止他。他每砸一下，我都问他："你有完没完？"后来我就闭嘴不说话了。他每次朝我砸过来前，嘴里都会发出粗重的咕噜声。他一直砸个没完，直到累了才停手。

第二天，丹尼告诉我，他之所以打我，是因为我让他想起了他的兄弟，他兄弟之前曾经把他打伤。于是我们握手言和，化干戈为玉帛，此前的恩怨一笔勾销。他曾被他所爱的人伤害，也因此失去了爱，这件事被他牢牢记住。这啃噬了他的心。伤人者多半都受过伤。

说白了，他只是想以这种方式来表明自己是这里的"老大"。这意味着他是所有人中最厉害、最强大的那个。但我们都知道，想要在这里生存下去，需要的可不是拳头，因为我们都被殴打过。

几天后，我看到丹尼被一名监管人员按在地板上，他的胳膊被扭到了背后。那个人用膝盖压住丹尼的后腰。没有人知道发生了什么，我听到了他的呜咽。那个人攥着他的手腕使劲向上提，弄得他肩膀疼痛难忍。"你喜欢这样吗？还想再动手吗？有本事跟我过几招啊？"丹尼发出惊慌失措的尖叫，那声音令人窒息。他疼得说不出话来，看了我一眼,然后闭上了眼睛。这里真不是什么好地方,我真不该来这儿。

孩子们被当作不讨喜的或者破损的物件,被他们随意地从一个家庭转移到另一个家庭。每个孩子都是这样的,无一幸免。钱、打火机、袜子、手镯、圆珠笔、香烟——无论是什么,你想要得到都必须具备足够的智慧,还需要找个安全的地方把这些东西藏起来,比如地板下面、窗台下面的砖缝里,藏东西的地方也要经常更换。这弄得大家都很疲惫。

我在我的学校和我的地盘都很出名。我是乔基·怀特,供人取笑、逗乐的乔基,但这只是一种防御手段,以抵挡日复一日的种族主义攻击。"黑鬼""黑佬""野蛮人"或者"黑杂种",这样的污言秽语没有一天不钻到我的耳朵里。我必须警惕陌生人的拳打脚踢,在教室里和街道上要防备别人啐的口水。我永远都处于"战斗/逃跑"模式,我的重要武器就是我的笑容、我的狡黠和我逃跑的本事。

不过,我喜欢每天和儿童之家的孩子一起从果园巷走到雷伊教会中学,我们走过坑坑洼洼的米尔街,在马什农场的薄雾中看到一匹匹马点着头从我们身旁经过。我一到学校就成了乔基·怀特。我喜欢学校,因为我能从其他孩子身上感受到家的味道,我能从他们带来的午餐、新的足球装备,甚至他们的言谈中感受到他们的父母对他们的爱。

从初来乍到的"新人",到成为"乔基·怀特",我在伍德菲尔兹待了一年,感觉却像待了十年。冬天我可以在幸运谷滑冰,一切都悠然自得，仿佛我过着田园诗一般惬意的生活；夏天，马什农场的主人马什（Marsh）先生雇用我们这些男孩给他干活，整个暑假我们都在忙活，把干草捆成垛，然后堆放在谷仓里。我接受了家人的销声匿迹，也接受了儿童之家的任何一个孩子都可能随时消失这个事实。我一直坚信有一天我的寄养父母会来找我，但事实上，我心里早已放弃了这个念头。我最后一次得到大人的拥抱还是在寄养父母家门口，而且那是一个十分勉强的拥抱。在儿童之家生活的360天，我就像被人丢弃到了一个遥远的世界。

第十八章

当夜晚的战争结束,
海浪对海湾说:
让我们成为彼此的专属,
让这一天美好地结束。

来到伍德菲尔兹的第一天,我在宿舍里写了一首诗,表面上看,那首诗描写的是一棵树,实际上写的是我自己——但当时我并没有意识到,只觉得是一种创作。写完一首诗的时候,我有种身处教堂的感觉,那是一种自我发现,也是一种自由。这就是你自己。当时我就知道了自己想成为一名诗人。我很小的时候就写过诗,但这次我感觉到,我孤身一人,传递着比个人感受更宏大的东西,以证实我并不孤独,这凭证白纸黑字,清楚地证明我还拥有鲜活的生命。

在儿童之家,我们很少写字,信件也很少。那里没有书,也没有人鼓励我们读书。很少有工作人员会拿着书看,他们太忙了,忙着干活,忙着轮班。那里的人根本不会谈及上大学的问题,因为只有那些具备价值的人才配上大学。儿童之家只为我们提供住所，但并不是真的在乎我们，那里需要的是秩序和效率，而不是爱。我走到哪儿就写到哪儿。没人能剥夺我创作的权利和自由。

我在雷伊教会中学就读时，有一天，被叫到副校长办公室。通常这不会有什么好事。原来是副校长琼斯（Jones）夫人从我的英语老师昂斯沃思（Unsworth）先生那里听说了我喜欢写作，于是叫我去见她。她的办公室外面有两盏灯，红色表示等待，绿色表示可以进去，只见红色的灯闪了闪，然后绿灯亮了。琼斯夫人的牙齿长得像肯·多德①，她穿着夹克和裤子。"坐吧。"她说。我坐下来，神情紧张。那时的老师经常在办公室里抽烟，琼斯夫人也一样。她在烟灰缸里摁灭香烟，绕开桌子走过来（桌面稍稍低于她的额头）。"我想把这个给你。"说着，她拿出一本书。

那是一本《默西之声》（*The Mersey Sound*），出版于1967年——我出生的那一年。那本书破旧不堪，应该被翻看过很多次，这是对一本平装书最大的褒奖和赞美。在书第一页的第一首诗中，诗人阿德里安·亨利（Adrian Henri）提到了一所孤儿院。当时我只知道诗人就是写诗的人，而写诗正是我一心想做的事情。那年我14岁，这个目标在我心中安营扎寨，如同扬在险峰上的一面旗。

当时，我写诗其实有更紧迫的理由。有一个同样就读于雷伊教会中学的男孩，住在果园巷北边较远的一座房子里。他问我："你住在哪儿，乔基？"我说："果园巷的伍德菲尔兹。"一开始，他一脸困惑地看着我，似乎想不起来伍德菲尔兹在哪里，后来他明白

---

① 肯·多德（Ken Dodd，1927-2018），英国男演员，表演风格怪诞。——译者注

过来，又说："小子，我爸爸说那是个贼窝。"

我一下子明白了，我周围的大人都不知道该拿我怎么办，而我身边的同龄人可能也有类似的感受。儿童之家一片混乱，我开始和别的男孩一起摄入兴奋剂。

> 接到伍德菲尔兹工作人员打来的电话后，我立即赶到那里，并见到了诺曼。与哈丁夫妇交谈了一番，他们说诺曼又惹麻烦了。他最近跟伍德菲尔兹的一群孩子从厨房里偷鸡蛋，然后跑到附近雷伊医院的一位外国医生家，冲他家里扔鸡蛋。除此之外，他们还怀疑诺曼摄入兴奋剂。他对工作人员的态度开始明显恶化。有人怀疑诺曼还有其他未被曝光的不良行为。
>
> 诺曼是儿童之家里年龄最小的孩子，通常来说，在这种情况下，他可能会面对很大的压力，因为他想融入这个群体，于是就参加了各种反社会的活动。晚上，我与诺曼就最近发生的一切谈了谈，他格外暴躁，还抱怨有这么多人犯错，却只揪着他一个人不放。我向他表示，他目前的行为与他从小循规蹈矩的表现大相径庭，我和儿童之家的人都不想看到他这样堕落下去。诺曼说他并没有因为受到大孩子们的逼迫而顺从他们。
>
> 见过诺曼后，我再次与哈丁夫妇交谈，最终达成一致，我们应该把他转移到家庭教养院——最好是格雷戈里大道（Gregory Avenue），因为这样可以使他免受儿童之家里那些

大孩子的压迫和不良影响。诺曼仍然拒绝再次被寄养。目前看来这条路走不通，且注定会失败。

<u>1981 年 1 月 15 日</u>

与罗伯茨（Roberts）先生和格雷戈里大道的工作人员达成一致，诺曼下周就可以搬到那里。因此，我们已经安排他于 1 月 30 日动身。而我会在 1 月 26 日见到诺曼，并告知他要搬走的事情。

<u>1981 年 1 月 22 日</u>

今天去伍德菲尔兹见到了诺曼。他对搬到别的地方这件事感到十分不满，并抗议说他不想离开伍德菲尔兹。我跟他解释，他仍然可以继续在附近的雷伊教会中学上学，而且搬到别的地方是为了他好，并不是对他的惩罚。伍德菲尔兹的工作人员已经同意，他可以继续与那里的孩子保持联系，并可以时常回来跟他们一起喝茶。诺曼似乎接受了他要搬走的事实，没有再强烈地抗议。事实上，我猜对于离开伍德菲尔兹，远离那些大孩子对他施加的压力，他应该会感到如释重负。

<u>1981 年 1 月 26 日</u>

去伍德菲尔兹接诺曼，并把他送到格雷戈里大道。他已经认识家庭教养院的工作人员了，因为他在此之前和彼得·利比一起去过那里。诺曼对我和伍德菲尔兹的人说他不想走，但他还是跟我走了，也没有多少抵触和反抗。我们到达格雷戈里大道后，那里的人为他举办了一场小型的聚会。诺曼显然对家庭教养院的其他孩子们比较敏感。他是这里年龄最大的孩子，并且跟一个比他小的男孩肖恩（Shaun）同住一个房间。不久之后我就离开了，并准备尽快安排探访。

1981年1月30日

格雷戈里大道

他们骗了我。有人爱我。我有妈妈,她爱我。

第十九章

我并没有迷失,太阳说,
在一天开启之际,
凭借直觉,
就能找到我的路。

诺曼·米尔斯向我保证,我可以回伍德菲尔兹去看望利比他们,利比也可以来格雷戈里大道看望我。我讨厌格雷戈里大道,我讨厌被挪来挪去。我再次失去了身边的所有人。我周围的大人们都不知道该拿我怎么办,这让我感到很害怕。我对他们的尊重正一点点地减少,这也让我感到害怕。

我没有时间去适应这个决定,因为在这件事情上我没有发言权——就像上次一样,我也没时间跟大家说再见。1981年1月,家庭教养院的大门缓缓打开,我感觉到那些档案在我身后合上了。"档案"是"人生"的变位词。[①] 我觉得自己就像得了幽闭恐惧症

[①] 单词"file"(档案)和"life"(人生)字母相同但字母的顺序不同,这种词叫变位词,也叫异序词。——译者注

一样。与伍德菲尔兹相比，这里的花园要小得多。花园的后面，在远处一座山的山顶上，隐约可见一栋混凝土建筑，它的屋顶有个孤零零的烟囱，正向外冒着烟。那是伍德恩德评估中心（Wood End Assessment Centre）。

我在伍德菲尔兹的时候经常听到伍德恩德这个名字。我很在意儿童收容机构的名字，这也是我能否融入新体系的关键要素之一。这样的机构主要有伍德恩德评估中心、辛德雷收容中心（Hindley Detention Centre）、红河岸（Redbank）等。如今，我在报纸上看到了有关这些机构的消息，标题是"伍德恩德虐待事件调查"。

我即将进入的就是这样的收容系统。该去还是得去。我的妈妈和爸爸不会来了，我心里已经很清楚这一点，我看清了这该死的一切。当局就是要把我关在一个个由心胸狭窄、心怀不满的大人们控制的房子里。有人带我去了我的新卧室。我仍然管我的寄养父母叫爸妈。我不知道除了爸妈之外，我还能怎么称呼他们。"戴维和凯瑟琳"，这么叫听起来怪怪的，"寄养父母"听起来也很别扭。

伍德恩德是个青少年拘留所。利比告诉我，"拘留"就意味要等待审判。我想告诉我周围的人，我没有亲人，而大多数被收容的孩子至少有一个亲人。

而格雷戈里大道是由布莱恩·斯特里特（Brian Street）和瓦尔·斯特里特（Val Street）运营的。老实说，我很鄙视他们，也鄙视这地方的名字——"家庭教养院"。布莱恩和瓦尔住在这里，另一名员工住在附近。这里被装饰成家的样子，就像在商店里弄了个人工石洞以营造出圣诞节氛围一样，一切都是假的，我能看出不少破绽。这里的工作人员就像石洞里的精灵那样轮班干活。与伍德菲尔兹一样，这里也有一间办公室，每周我都能从办公室里领到零花钱。另外，还有一个员工休息室，员工可以在那里一边抽烟、一边谈论我们。这时的我14岁，依然懵懂无知。

> 与瓦尔通了电话，他们说诺曼仍对变换住所表示不满，但现在已经安顿下来了。
>
> 1981年2月5日

> 自从住进来之后，诺曼似乎一直情绪低落，并拒绝做作业或参加学校的考试，还试图威胁我们，让我们把他送回伍德菲尔兹。我和雷伊教会中学的副校长威尔金森（Wilkinson）先生谈了话，并解释了诺曼的情况，还和住宿主管罗伯茨先生交流了一番。我认为我们不应该轻易对诺曼的"威胁"作出让步，因为那会让诺曼觉得为所欲为是很容易的事，进而不但会强化他的这种行为，还不利于他的安全。
>
> 1981年2月

> 诺曼今天心情很好，什么都说好——学校也好，在格雷戈里大道过得也好。我感觉诺曼是装的，他心口不一。这不禁令我产生了一丝怀疑。然而，这孩子目前似乎确实安定下来了。与之前几次相比，我这次探访时他的态度积极多了。

诺曼先是对住在格雷戈里大道的可能性进行试探，并提出了一些问题，然后话题就转到了格林伍德一家。显然，诺曼已经作出决定，他不希望格林伍德一家来参加他的个人情况讨论会，不过我不知道他为什么会作出这样的决定。他还跟我说，他最近和格林伍德夫妇通了电话，告诉他们他不会去他们家过圣诞节。诺曼这次终于开口指责了格林伍德一家，因为自从1980年他离开他们之后，他们就对他不理不睬，也从不联系他。不过我倒觉得这是正常的反应。诺曼以前总是对格林伍德家的冷漠和拒绝感到自责，认为一切都是他自己的错。所幸现在他终于意识到真正该受到指责的是格林伍德一家了。

1981 年 10 月 30 日

我不想去我的个人情况讨论会，因为我看不出这有什么用处。个人情况讨论会是他们对我作出决定的地方，也是我坐在那里听他们评判我的地方。圣诞节时，我得到了一个无线电闹钟。我试了试，闹铃根本不响，真是气死我了。

　　诺曼的情绪特别容易出现波动，有人说这很大程度上跟他的年龄有关，像他这个年龄段的孩子大多如此。然而，在我看来，他是对人生中遭遇的两次被抛弃心怀怨恨，一次是被他的生母抛弃，另一次是被他的寄养父母抛弃。我认为这才是他时不时有一些令人无法容忍的不良行为的根源——特别是针对家

庭教养院里那些比他年龄小的孩子的行为。

我躺到床上之后,工作人员开始写他们的报告。他们对一切都有决定权,十几岁的我对此根本无能为力。报告似乎只是记录了一些他们认为不顺心的麻烦事。我快乐健康与否取决于报告里我名字旁边的分数……还有三年我就要脱离这个系统监护了。我开始问关于我身世的问题,比如,我的母亲是谁?为什么我一生下来就成了寄养儿童?我是哪里人?我为什么会在这儿?自从意识到我的寄养父母不想要我之后,我就想知道自己的生母是谁,而唯一能帮我的人就是负责我的社工。

我妈妈是谁?我的家人是谁?一个14岁的男孩万万不该需要问这样的问题。对于这样的问题,无论是在心里琢磨还是问出口,其实都是十分困窘的事情,因为一个简单的问题还会牵扯出许多其他问题来……我到底做了什么,以至于要经历这样的事情?

第二十章

> 在昨夜的薄雾中降生，
> 黎明是露水上的礼物；
> 我在晨光中阅读，
> 并向你翻开书页。

格雷戈里大道位于雷伊镇附近一个叫阿什顿的村子里。阿什顿人都勤劳朴实，就像雷伊镇的人一样，靠天吃饭。村民大多是矿工或工厂工人，还有商人和做小买卖的。20世纪80年代初，撒切尔夫人开始打压矿工，在海外发动了战争，在英国国内则向福利制度开刀。

哈格福德（Hag Fold）的工厂就像没有教众的教会。在哈格福德的另一头是普雷特利亚（Pretoria）——英国第二大矿爆破后形成的一片山丘。1910年12月，普雷特利亚发生矿难，夺走了344人的性命，这些人中有成年男人，也有男孩。阿什顿失去了大半人口，女人们失去了丈夫、儿子和兄弟。

如今的普雷特利亚成了一片白桦林，其中还分布着大大小小的阴郁的水塘。我经常徒步到那里去,坐在山顶,目光越过兰开夏平原,眺望远处的曼彻斯特。

我在格雷戈里大道住了三年,和其他青春期的孩子一样,总想尽可能长久地留在一个地方。

格雷戈里大道位于哈格福德住宅区边上。我认得这个住宅区的每一个人。我经常看到一位驾驶教练,三年来,每次看到她我都会朝她挥手。她把我们的住宅区当成了她的驾驶训练场。她并不是这里的人,但我喜欢上了她,因为她很漂亮,而且她总是看着我,朝我挥手以示回应。这仿佛变成了一个游戏。

托尼·康坎农(Tony Concannon)住在德文郡路,他在阿什顿经营一家拳击俱乐部,康坎农太太在隔壁的出租车公司工作。我经常在晚上去他家,抽几根烟,和他们一家一起喝茶。康坎农太太经常从音像店里带回一些电影录像带,所以我总比其他人先看到所有最新的电影。我尽可能地让所有认识我的人喜欢我,接受我。

每到周六,我会到哈格福德住宅区的各家各户拜访,跟他们喝喝茶、聊聊天。托尼养了两只狗,晚上他会带着狗去普雷特利亚进行强光狩猎,强光狩猎是逮兔子的一种方法:托尼用强光照兔子的眼睛,把兔子闪晕,接着狗扑过去就能把兔子逮住了。我猜托尼逮住兔子之后,肯定是炖着吃了。

我在格雷戈里大道仍然过得很不开心,所以我的社工建议我参加少年俱乐部。

然而，诺曼说他对加入这些青少年活动团体并不感兴趣，还说他不会在学业上投入太多精力和努力。我对他说，这样做毫无意义，也不同意在他还没有彻底安顿下来之前就把他送回伍德菲尔兹，因为这样做，对他没有任何益处。

与格雷戈里大道的工作人员就诺曼的问题进行了交谈，并了解到他正逐渐安顿下来，似乎在阿什顿住宅区结交了不少新朋友。他还受邀于本月参加在当地一家酒吧举办的订婚派对。但工作人员和我都决定不让他去，主要是因为派对上有许多年龄比他大得多的青少年和成年人，而且派对上的人肯定会喝酒。

<u>1981年3月</u>

打电话给家庭教养院，询问今天放学后能否与诺曼见面。在与诺曼的交谈中，他告诉我他要出门，并且已经把很多事情提前安排好了。他似乎比前些日子更开心了。他还说他开始考虑在阿什顿安顿下来了。我们说好下周再见面。格雷戈里大道的卡斯莱丁太太也跟我有同样的看法，觉得诺曼最近似乎更开心了，而且晚上几乎不怎么住在格雷戈里大道。

<u>1981年3月26日</u>

今天来探望诺曼。他亲口证实自己在当地交了很多朋友，现在他几乎所有的空闲时间都跟这些朋友在一起。如今的他已经安下心来，不再抗拒换地方了，无论是对学校还是对家庭教养院都没有抱怨了。

诺曼似乎与布莱恩·斯特里特成了好友，他们关系密切。他非常喜欢与成年男子打交道，愿意跟他们在一起，受他们的熏陶。他现在特别喜欢足球，晚上也经常出去踢球，还时不时和彼得·利比、哈丁先生一起参加在曼彻斯特举办的比赛。

自去年12月以来，诺曼就再没有和格林伍德一家联系过，似乎把他们完全忘了。然而，他仍然对有可能被再次送到寄养家庭而感到反感，所以我们暂时还不能这么做。

1981年4月3日

在格雷戈里大道举行了诺曼个人情况讨论会，诺曼也出席了会议（见会议记录）。会议决定，诺曼将无限期留在家庭教养院，以使他重获安全感，并且暂时不实行任何寄养计划。来自伍德菲尔兹的哈丁夫妇也应我们的要求参加了会议，并解释了诺曼住进家庭教养院的原因。会议还同意诺曼与当地一位童子军团长共度复活节周末，因为这位童子军团长是家庭教养院的工作人员所熟识的人。

1981年4月7日

> 诺曼要求，允许他于4月25日在他朋友家过夜。我听说过这家人（名声很好），今天来探访诺曼是想来看一看他一切是否都安好。
>
> 1981年4月23日

这个住宅区让人感觉很舒服，有种让人熟悉的节奏。工厂一般在下午2点和6点换班，矿井也有固定的轮班时间。工厂的发薪日是周五，矿井的发薪日是周日，每到发薪日，酒吧就显得热闹非凡，人们都会尽情地吃喝。商店会在周三闭店休息半天。这里有一个为天主教徒服务的天主教俱乐部，还有一个成员都是新教徒的工人俱乐部。女性是不能进俱乐部的，只能参加周四晚上的惠斯特牌会。我是个无名无姓的小孩，但人人都喜欢我，我是乔基·怀特。

> 诺曼此次谈到了他的母亲，于是我们便就这个话题讨论起来。他很想对自己的生身父母有更多的了解（这是很自然的），想知道自己为什么被遗弃。我再次把我知道的情况告诉他，并解释说，他母亲当时一定陷入了极其困难的境地——身处异国并突然成了一位年轻的未婚母亲。我们可以给他母亲在埃塞俄比亚的最后一位联系人写信。诺曼对此很兴奋。另外我也建议他可以联系本地的社会服务部，寻找他的母亲。但同时也警告诺曼不要抱太大的希望。

之后我开车送诺曼和彼得去了雷伊，因为诺曼打算去见他的女朋友，他说那个女孩也是混血儿，来自雷伊本地。临走之前，我与他新朋友的家长洛兰（Lorraine）进行了交谈。洛兰说诺曼最近也曾与工作人员谈及他母亲的事情。最近，诺曼放学后会积极地参加寄养儿童课程，但洛兰也明确表示，诺曼这么做完全是因为彼得和他妹妹米歇尔也参加这一课程。洛兰证实，诺曼仍然与阿什顿的那群小子混在一起，甚至偶尔还会跟他们一起喝酒。

高级社工　诺曼·米尔斯

向埃塞俄比亚当地的国际红十字会进行了咨询，以确定是否有可能在埃塞俄比亚找到诺曼的生母。但这件事情很敏感，红十字会并不会提供协助。对方建议我们可以联系一下国际社工组织。

11月/12月

今天去格雷戈里大道看望诺曼，并送上了圣诞节礼物。诺曼现在有了自己的卧室，我们在他的房间坐了许久。在过去的几周里，诺曼和斯特里特太太有过多次争吵。

> 斯特里特太太指责诺曼总是闷闷不乐,但诺曼对此予以否认,他因为取笑家庭教养院里的一个小女孩而惹上了麻烦。他还抱怨说,斯特里特先生前几天没收了他的香烟(斯特里特先生解释说他这么做是为了诺曼好——而诺曼显然对此耿耿于怀)。因此诺曼在寻找盟友,他甚至问我,我来家庭教养院跟他谈话之后,为什么还要和斯特里特夫妇谈这么久。
>
> 1981年12月24日

这是我活在人世间的第14个夏天。我唯一拥有的就是心中的希望,可别人却告诉我"别抱太大希望"。我需要知道问题的答案——为什么?无论是社工还是我的寄养父母,都没有对我身上发生的一切负责——当然,我并不是要责怪他们。孤儿收容系统里被规训得最严重的就是那些工作人员。

第二十一章

我利用被掠夺之机

为自己建造房屋,

匠人弃之不用的废料

将是我房屋的基石。

在我 15 岁生日的时候,我去了格林伍德家拜访。

今天去格雷戈里大道的家庭教养院参加诺曼的个人情况讨论会,并且见到了诺曼。这次会议很有成效,确定了诺曼将继续留在家庭教养院,暂时不会考虑将他送到其他家庭寄养。诺曼在雷伊教会学校的年级主任(兼体育老师)布朗先生也出席了会议,并对诺曼在学校里的表现予以十分积极的评价。

会议结束后,我向诺曼透露了一些他母亲的信息——她 15 年前在英国生活时留下的蛛丝马迹,比如出生日期和当时的住所等。这些信息都是诺曼以前不知道的。诺曼自然渴望了解更多关于他母亲的事情。我们已经同意协助他与威根可能认识他母亲的人取得联系。我跟他商量，想联系格林伍德夫妇，要几张诺曼小时候的照片，但诺曼不让我去，并问我能不能由他自己去找格林伍德夫妇。我欣然同意，因为我觉得诺曼应该与他的前寄养父母保持一定的联系，不过联系与否还要尊重他个人的意愿。

我今天得知，诺曼在圣诞节当天曾去拜访格林伍德一家，那一天公共交通停运，而等他返程时格林伍德夫妇拒绝送他，最终还是斯特里特先生把诺曼接回来了。

1982年2月16日

今天是诺曼15岁生日，我去探访他。他今天兴高采烈，对自己收到的各种生日礼物十分满意，还收到了超过20英镑的生日礼金。他想用这些钱给自己买衣服。

但在许多问题上，工作人员的意见都与诺曼的意愿相反，令诺曼越来越多地质疑他们的决定。他试图让我站在他那一边，一起质疑院方的做法。诺曼滔滔不绝地跟我说，他想用自己的钱给自己买双新鞋，这有错吗？还说斯特里特太太已经答应他了。

然而，我与瓦尔·斯特里特交谈后才了解到，诺曼最近给自己买了许多衣服，现在已经没有足够的钱再买新鞋了。如果诺曼能等一段时间，家庭教养院就可以给他买了，但诺曼不愿意等，所以才拉我过来，试图借助我达到他的目的。我已经安排下周与诺曼见面，待进一步沟通和交谈。

1982年5月21日

今晚探访了诺曼。他又提到了新鞋的事情，并大肆抱怨自己很不喜欢斯特里特太太，说他们合不来，一见面就吵。显然，诺曼这孩子越来越追求独立，在很多事情上都想自己做主，这导致了他与工作人员之间的冲突。诺曼说自己在阿什顿住宅区过得很开心。工作人员透露，诺曼一直与一些比自己大得多的男孩来往，最近他时常到家在家庭教养院附近的一个男孩那里住，那个人的名声很不好。

1982年5月28日

1982年10月，我的社工告诉了我一些关于我生母的信息，我立刻意识到还有更多信息有待发掘。寄养父母铁了心要把我从他们家赶走，并抹去我在那个家里生活过的所有痕迹。有些事情似乎不对劲。我觉得我可以回去向他们了解真相，弄清楚到底发生了什么。但事情进展得并不顺利。

在格雷戈里大道见到了诺曼，并在他的卧室里与他促膝长谈。这次谈话过程十分艰难，因为诺曼从一开始就处于极度愤怒的状态。显而易见的是，他目前的学习成绩很差，也没有用功读书。然而,他却把这归咎于我。我不禁想起1981年我不顾他的意愿强行把他带到格雷戈里大道的时候,当时他一个多月都没做功课。现在他又说自己学习不好是我导致的。这要么是诺曼的诡辩,要么是他对自己行为的合理化——今天,我看得出来,诺曼最近应该受到了严重批评,在他心里,我也是批评他的人之一。不管怎样,在这次的探访中,诺曼情绪很激动,尽管他一直忍着不哭,但最终还是流下了泪水。

<u>1982年10月14日</u>

我有一个名叫林登·马什(Lyndon Marsh)的朋友,他向我介绍了鲍勃·马利。[1]马利去世时,小岛唱片公司正在推出他的音乐,我那时不到14岁。林登是马利的超级歌迷。

我被《幸存》(Survival)这张专辑迷住了。每首歌仿佛都流入了我的血液。马利深深热爱着埃塞俄比亚。在我生日那天,也就是5月21日,马利的葬礼在牙买加举行。

马利大声疾呼,并斥责实施压迫的各种势力。他的话语让我感同身受,并感到骄傲和自豪。我是个幸存者,一个黑人幸存者。

鲍勃·马利是我人生中的第一位黑人导师,也是我的第一个黑人朋友。他谈及苦难、历史、世界的真相,以及"巴比伦"。他是我的向导。我立刻抛弃了我原先的绰号"乔基·怀特",我不再是一个引人发笑的丑角。

---

[1] 鲍勃·马利(Bob Marley,1945—1981),牙买加唱作歌手,雷鬼乐的鼻祖,2010年获选美国CNN近50年"世界五大标杆音乐人"。——译者注

马利吸引我的还有他擅用隐喻的方式进行表达，以及他会从《圣经》中汲取灵感。在一首看起来有些复杂的歌曲《去吧，纳蒂，去吧！》（Ride Natty Ride）中，他嘶吼道：

匠人弃之不用的废料，
将是我房屋的基石。
无论他们要什么把戏，
噢！有的东西他们永远无法夺走……
那就是火——火——
是火——火

我第一次把自己定义为一个身处一片白色海洋中的黑人，马利在为我加油鼓劲。我周围的人否认我的种族，说大爱无界，说我们都是人类，或者说我们都一样。他们越是这样，我就越意识到他们并不了解何谓种族。

到了1983年，我已经在格雷戈里大道住了两年，正渐渐成为拉斯特法里①教徒们所说的"意识者"。这种"意识"，马利在《自然奥秘》（Natural Mystic）中也提到过。

---

① 拉斯特法里教是20世纪30年代起兴起于牙买加的一个黑人基督教。在20世纪70年代因鲍勃·马利而闻名。——译者注

第二十二章

秘密重若磐石,

压得船没入水中,

面对和正视它们,

丢弃之后,船便能重获轻盈。

我离开学校时几乎没什么学历,也没获得什么职业资格,只能在雷伊市场找一份周六的临时工作。沃丁顿(Waddington)先生是一名集市商人兼推销员,他有一个售卖家用洗涤剂和卫浴用品的摊位。我早上吃一个培根三明治、喝一杯热茶后,就开始了一天的工作。我在那儿干得不错,我喜欢在市场中瞬间迸发的幽默和乐趣,也欣赏集市商人的职业精神。那时距离我离开孤儿收容系统只有两年。

我和沃丁顿一家成了朋友。我和其他那些给他打工的男孩一样,都是廉价劳动力,但我们喜欢打工。我在摊位上攒够了经验之后,开始上门推销。

沃丁顿先生开着运货车,里面装满了漂白剂和窗户、地板的清洁剂，还有洗发水和护发素。坐在运货车上，我看到了更广阔的世界，看到了属于20世纪80年代的工业氛围。我第一次自己决定钱该怎么用。这份工作是彼得·利比介绍给我的。

我们的产品值得信赖，我们的上门推销值得信赖，我们手里的现金也值得信赖。我们吃遍了兰开夏郡、博尔顿（Bolton）、威根、罗奇代尔（Rochdale）等地的美食。对一个15岁的孩子来说，这是一次很棒的工作经历。我口袋里有了钱，并且看到了一个无比广阔的世界。我们拿着瓶瓶罐罐，带着现金挨家挨户地推销，到处奔忙，而沃丁顿先生则在运货车旁等着。

沃丁顿先生在雷伊的一个小工业区里有个仓库，我也在那里干活。我得把浓缩漂白剂倒进一个大缸里搅拌，然后打开上面的水龙头，把漂白剂灌进一个个瓶子里，再把瓶子码放整齐。因此，那时候，漂白剂的味道总在我周遭萦绕，久久不散。那个大缸的高度是我身高的两倍，宽度也是我身板的两倍。我坐在缸边，用木棍搅拌浓缩漂白剂和水的混合液。为了测试浓度，我得把手指放进去，如果手指变白了，就说明液体混合好了。那时候没有呼吸器，也没有防护服。沃丁顿是撒切尔夫人梦想的化身，他向那些没钱购买商品的人出售价格低廉的家用清洁用品。

当社会服务机构发现我在打工后，就立即要求我把一部分工资上缴给儿童之家。

> 诺曼的16岁生日。
>
> <u>1983年5月21日</u>

已联系沃丁顿先生见面。他坚称诺曼虽然在他手底下打工，但并非全职，只有每周六以及极少数工作日工作。诺曼周六的工资是10英镑，其他时间偶尔能赚几英镑。沃丁顿先生信誓旦旦地说，诺曼一周最多来他这里两三天，他要干的活儿不过就是跑跑腿或者是打扫、收拾之类的，大多数时候什么都不用做。沃丁顿先生说他只是想让诺曼"不在街上鬼混"。

　　他希望给诺曼安排一份全职工作，想让诺曼到自己的朋友杰克·格伦（Jack Glenn）的工厂里干活，因为沃丁顿先生的个人关系，诺曼第一次可能得到一份正经的工作。

　　沃丁顿先生说，他会尽量详细地记录诺曼的收入情况，不过他也表示，诺曼每周从他那里赚取的收入只有14~16英镑。

1983年6月

　　我从负责住房服务的地区事务官李（Lee）先生那里了解到，尽管诺曼看似靠做兼职赚到了钱，但他们对他处理零花钱的方式仍感到担忧，而且这件事会在下周五的个人情况讨论会上被提出并进行商讨。

　　诺曼似乎是在为沃丁顿先生打工，周六的临时工大约可以挣10英镑，偶尔的工作日每天可以挣两三英镑。诺曼坚决要求获得支配零花钱的权利，却不愿支付在格雷戈里大道的食宿费用。

　　我和诺曼就这个问题进行了长时间的讨论。他似乎承认，在他有收入之后，既想拥有零花钱，又不想支付食宿费用，这是不合理的。他自己也承认他性格叛逆，我认为以他现在的这种情绪，无论怎样都会与人争辩这个问题。当被告知在一个"正常"的家庭中，只有为家庭作出一些贡献，才可能保留自己周六打工赚来的收入时，他的态度缓和了一些。然而，他强调，他在工作日工作是因为他觉得无聊。我告诉他，决定他的生活费或津贴数额时，他的工作日收入也会被考虑在内。诺曼说他只要大约20英镑作为截至5月28日的零花钱，但根据我的计算，如果这种诉求是合理的，那这笔钱接近他应得的一半——我觉得诺曼自己也快速算了一笔账，并意识到提出和解可能是有益的。我向他指出，在9月份他需要登记失业以获得福利，如果他想有良好的缴费或信用记录，就需要仔细考虑他目前的举动，以及地方政府可能会因住宿对他的收入征收费用的可能性。诺曼对这些意见表现得漠不关心。

1983年8月4日

诺曼说自己"身无分文"，对此我表示怀疑。他告诉我，他每月固定在他的"立体声音响"上花费17英镑，另外还有大约四笔款项要支付。我郑重其事地通知诺曼，我会将他的情况和他的意见汇报给上级。

之后，李先生知道了我探访的结果。

格雷戈里大道的斯特里特太太打来电话，说诺曼周六花

30英镑买了一把吉他,用的是他自己的钱。

1983年8月8日

她的话也可以这么理解:"他玩命地把他周六打工的钱攒起来,就是为了买一把30英镑的吉他","我们很高兴看到他知道存钱——只是为了买一件乐器"。

第二十三章

夜晚向我吐露秘密：
黑暗无法将我定义，
每当黎明到来，都会提醒我，
我被光明所定义。

有一次，我们去博尔顿售卖沃丁顿的家用洗涤剂。在一个名叫道布希尔（Daubhill）的住宅区，我感觉周围的气氛有些异常：街道上空无一人，格外安静；各家各户的门上都涂了红色的标记——每家都有。我敲了其中一家的门，接着又敲第二家。我能听到里面有婴儿的声音，还有脚步声，接着就什么声音都没有了。我心里七上八下的。回去后我把这件事情告诉了沃丁顿先生，他说："是的，那是巴基佬住的地方。不用敲门了，敲了也白敲。"我们都没有说话，但和沃丁顿先生相比，我感觉自己与那些人更亲近。

20世纪80年代，英国的布里克斯顿（Brixton）、托克斯泰斯（Toxteth）、布里斯托尔（Bristol）等地都爆发了骚乱。最后一次骚乱发生在曼彻斯特的莫斯赛德（Moss Side）。报纸上满是"愤怒的年轻人"这样的字眼。种族关系紧张、大量人员失业、警察时常骚扰黑人……各种矛盾层出不穷。我这辈子一直听别人说"黑人是大城市的蛀虫，不是抢劫犯就是毒贩"，可有一种无法抑制的恐惧感在我心里生根发芽，因为我知道那些人说的不是真的。因此，我反倒成了周围的人最惧怕的对象。

"乔基"成了一段纠缠我的记忆，而不是一个名字。我需要让这个名字永远停留在过去，我需要阻止人们再那么叫我。如果这个名字只是个关于我肤色的笑话，那为什么我让他们别再这样叫我时，他们会生气呢？实际上，种族笑话的背后隐藏着的是憎恨。但当时没有一个人引导我，告诉我这些事情。我是凭我的直觉得知这一切的。我对自己说，我是一个黑人。我是一个黑人，我不是看不出我们的区别。我是一个黑人，我不是乔基·怀特。我不是黑鬼、黑佬、黑杂种。我是一个黑人。似乎在一夜之间，我从一个嬉皮笑脸的小子、一个没心没肺的小丑，变成了一个令人惧怕的威胁。这一切深深地伤害了我。我真不明白，看清我是谁怎么就对别人构成威胁了呢？

我无法视而不见，商店老板一看见我就脸红脖子粗，店员会立刻在后面跟着我；当我在公交车站等车时，我无法视而不见，旁边的女人一看见我就连忙抓紧了手里的提包；我无法视而不见，在公交车上没有人愿意坐在我旁边；我无法视而不见，男人们都在瞪着我；我无法视而不见，从酒吧出来的老男人们看着他们身旁的女人，她们都会看我；我无法视而不见，坐在车里的人伸长脖子盯着我；我无法视而不见，公交车顶层的人指着我嘲笑；我无法视而不见，有人在公交车上朝我啐痰；我无法视而不见，警察监视着我，或者驾驶警车从我身旁经过时会刻意减速；我无法视而不见，当我走人行道过马路时，开车的人会故意加速驶过。

撒切尔夫人夺走了他们的工作，又把手榴弹扔进了他们的村庄，然后远远地看着它爆炸。我听到耳边响起声音："现在，我们让黑鬼进来。"但我就是在这里出生的，我出生在遍布矿井和工厂的地方，我出生在乡村小镇。可一夜之间，我成了镇上所有人的敌人。我既害怕又愤怒。

我讨厌住在儿童之家，也讨厌那里的人。我讨厌种族歧视，但我从未对我的社工撒过谎。我犯了相当严重的错误，也如实告诉了他。

> 花了很长时间谈论诺曼的严重错误行为，我严厉地警告了他这样做的后果，还叫来了斯特里特太太，将诺曼向我坦白的事情当着诺曼的面告诉了她。
>
> 诺曼的严重错误行为显然与他信奉的拉斯特法里教有关。诺曼竭尽全力地向我保证这些行为不算是什么大错，对此我表示自己持强烈的保留意见。除此之外，诺曼还表达了对斯特里特太太的极度不满。
>
> 高级社工 诺曼·米尔斯

第二十四章

黑夜说，每当我回望，
你都在那里；
光明说，你可以回望，
但不要凝视。

1983 年 8 月，格雷戈里大道儿童之家里的所有人都乘坐小巴前往普尔（Poole）度假。撒切尔夫人在广播里发表讲话，她的声音听起来刚毅果敢。对于我们这种来自工业废都的儿童之家的孩子来说，这就是假期，但对"铁娘子"来说，在选举获胜之后，她还有很多工作要做。此刻的她正撸起袖子，磨刀霍霍呢。

度假回来后，我决定不再穿鞋了。普尔湾很热，很多人在回旅馆的途中都赤脚走在海滩上，甚至走在街上也是这样。为什么要穿鞋子？我心想。赤脚有什么错吗？

回到阿什顿之后，我依然光着脚，这就是我叛逆的表现。我可能是从 1979 年的电影《人渣》（*Scum*）中得到了灵感。这部电影讲述了少年劳教所里一群男孩的故事,其中有一个名叫阿彻(Archer)的赤脚男孩,他之所以赤脚,只是为了给看守找麻烦。不过这样的理由对我来说已经足够了。赤脚是我对整个村子和整个体系的反抗。如果你们想盯着我瞧,那我就给你们点儿可以盯着瞧的玩意儿!

我的双脚就像孩子的手,感触着这个世界上的不同质地,这让我和大地紧密相连,使我幼嫩的皮肤开裂。玻璃碎片扎进了我的双脚,像开罐器一样把我脚上的皮肤划破,但我很快就长出了更坚硬的皮肤,即使在玻璃碴上行走也没有大碍。在我的档案中,他们并没有记录我赤脚的事情。回过头去看,我觉得那是一次绝望的求助。

1983年11月,社会服务部开始调查我与沃丁顿先生的雇佣关系,并调查他的财务状况——他声称没有记录过他付给我的报酬。社会服务部让我承担责任,沃丁顿先生毫不客气地解雇了我,我感到了深深的背叛,于是拿着一把斯坦利牌(Stanley)小刀回到仓库,割开了好几瓶漂白剂。

> 诺曼被指控破坏沃丁顿仓库的物品,割破了几个瓶子,所以他要么辞职,要么被解雇。今天我与雷伊警方取得联系,对方要求我下周带诺曼去警局。
>
> 1983年11月23日

> 今天探望了诺曼,他告诉我他最近和沃丁顿先生闹翻了,两人分道扬镳。随后他去了沃丁顿的仓库,划破了装有漂白剂的塑料瓶。他不想解释这么做的原因,但当我暗示他,他是因

为被沃丁顿先生解雇,心情糟糕,才作出这样的反应时,他并没有出言反驳。

1983年11月24日

今晚我陪同诺曼接受雷伊警局的审问,我才知道他造成的损失总共不到10英镑。警方将对他予以警告,我对此表示赞同。

1983年11月30日

第一次在这种情况下与警察接触令我深感忧心。他们认识儿童之家里所有的大孩子,每当有孩子离家出走时,儿童之家的人都会报警,所以我认识这些警察,他们也认识我。那时我并不尊重警察,在我看来,他们代表当局,都带有严重的种族主义倾向。憎恶警察是我一贯的态度,而他们也憎恶我,为了区区不到10英镑的损失,他们想尽办法最大程度地惩罚我。警告意味着我不用上法庭,但此事激怒了当局,有人为此打开了我的档案。

一周后,我在阿什顿的一家服装厂找到了一份新工作。在学徒制即将终结,学徒时代即将落幕之际,我成了一名裁剪工学徒,用的是伊士曼牌(Eastman)裁剪机。

工厂经理认为自己很有魅力,一天到晚找机会揩女工的油。这些女工大多在一楼的一排排巨大的缝纫机前工作,她们通过滑槽接收从楼上滑下来的一包一包的布料。楼上是裁剪工干活的地方,有三个脖子上挂着卷尺的老头,还有我。

这里有三张长桌,每张都有台球桌那么大。桌子上有一卷被卷在圆筒上的布料。我把布料像铺床单一样铺在桌子上,在上面画出尺寸,然后一块一块地裁剪。我一遍遍重复这个动作,直到桌子上摞起来的布料有约2.5厘米厚为止,然后我用像鲨鱼牙齿的粉笔在布料上按硬纸壳做的模板画出图形,模板有连衣裙的前后片,还有裤子的前后片。

伊士曼牌裁剪机是一种垂直剪裁的自动化机器,刀片呈锯齿状,不停在布料下滑动。

"把它放在布料的侧面……对了,小伙子,把这个杠杆往下推,这样就能把布料固定住了……现在按下红色的按钮,抓牢了,然后沿着画好的形状切割裁剪……就是这样。裁剪好之后,再把布料拉起来,用带子捆好,明白了吗?最后把捆好的布料扔到滑槽里,让它滑到楼下去。"

做好的裙子和裤子会出现在英格兰西北部的市场摊位上,最后被那里的人穿在身上。我老老实实地干着活,意外的是,一天,我突然接到了警察局打来的电话。

再次前往警察局,因为诺曼被沃丁顿太太指控擅自闯入沃丁顿的运货车。幸运的是,这件事情发生在晚上,当时诺曼整晚都在家庭教养院,工作人员证实了这一点。警方已经相信了,但还想要从诺曼那里获得一些线索。沃丁顿夫人似乎也把诺曼犯了严重错误的事告诉了警方,因此警方赶到家庭教养院想要

> 搜查他的房间，但是工作人员以警方没有搜查令为由拒绝了。警方没有采取进一步的行动。
>
> 1983年12月8日

我不是小偷，也不是骗子。在我的大脑尚未发育完善的时候，摄入某些成瘾物质是非常糟糕的事，但当时，做任何能让我远离现实的事似乎都是合理的。我还尝试过致幻剂，它们为我打开了不同的世界，我无法控制。后来有一次，我没有服用任何东西就产生了幻觉，吓得我赶紧改掉了这种恶习。

一些人也有类似的经历。幸运的是，大多数年轻人都像我一样，悬崖勒马，迷途知返，最后改掉了恶习。但如果被收容的孩子也这么做，则会受到截然不同的对待。

圣诞节快到了——转眼就到，我的心理健康状况却迅速恶化。我开始喜欢在街角小巷流连，因为我觉得主干道太拥挤了，我不想被人看见。工厂里的缝纫机就像一辆辆坦克撞击着我的脑袋，长桌上的模板变成了乌龟壳，桌子则成了一只巨大的乌龟，那只乌龟一边看着我，一边慢慢地咀嚼着和我一起干活的老头。

噪声时时刻刻在折磨我，令我无法忍受。我已经不会笑了，也不知道说什么，张开嘴，什么也说不出来。我无法工作，也无法逛商店。我的整个世界就像一盘坏了的录像带，时断时续的。我的眼睛被阳光灼痛，我的头快炸了，可是，儿童之家里的大人们即使每

第二十四章

四个小时就换班轮岗，似乎也没有发现我身上的异常。他们看不出这种一般的父母很容易就能在自己的孩子身上观察到的事情——精神崩溃。

距离圣诞节还有五天。圣诞节是一年中最让我感觉失落的一天，因为我身边一个亲人都没有，这一点在圣诞节更明显了。在这一天，我无处可躲。我对周围成年人的鄙视再也难以遮掩了。一位工作人员写了一份报告，然后打电话给我的社工，说我对他有侮辱性的语言和攻击性的行为，并表示如果这种情况再次发生，他就不客气了。这是个威胁，也是个信号，表示我必须被转移到别的地方去。

距离圣诞节还有四天。

距离圣诞节还有三天。

距离圣诞节还有两天。

> 我警告诺曼，当局高层建议把他转移到伍德恩德，我个人目前并不同意。我希望诺曼能意识到，在这件事上，他的态度很重要。然而，我认为我的话收效甚微，于是我安排了于1983年12月23日召开一次紧急会议，地区执行官萨姆纳（Sumner）先生同意主持会议。

> 在家庭教养院召开的会议上，萨姆纳先生让诺曼明白，他的一系列行为让他目前正处于"缓刑期"，如果他再次越界，就会被转移（很可能被转移到伍德恩德）。诺曼后来变得非常好斗且有严重的负面情绪，因此无法和他进行任何形式的交流。

不过，会议决定，允许他暂时留在家庭教养院。

1983年12月23日

"当局高层"是谁？难道他们看不出格雷戈里大道现在几乎空无一人吗？其他的孩子都回家跟家人过圣诞节了。当被收容的孩子与警方有瓜葛时，"当局高层"就格外警惕，而我正好撞进了他们高度戒备的雷达区内。与此同时，我的社工正在尽力寻找我的生母。

第二十五章

水面之上，

黑暗迎接光明，

就在桥上，

就在这个夜晚。

这是一封由高级社工诺曼·米尔斯写给教会的信，内容如下：

尊敬的先生/女士：

我写这封信给你们，是希望贵教会能为一个由政府收容的十几岁男孩提供帮助，寻找他生母当前的下落。

以下是该男孩的简略信息：1967年，一个名叫叶默谢特·西赛的年轻留学生从埃塞俄比亚来到威根，并在此地生下了一个男孩，她给自己的儿子取名莱姆·西赛。西赛小姐是基督复临安息日会的一名成员，她向威根当局提供了她在埃塞俄比亚的地址，将她的孩子交给了威根社会服务部照顾，并于1969年返回了埃塞俄比亚。在英国时，西赛小姐是纽伯德学院的一名学生，该学院位于宾菲尔德（Binfield），在伯克郡（Berkshire）的布拉克内尔（Bracknell）附近。

西赛小姐的孩子莱姆最初被安置在寄养父母那里——他们本被认为会是莱姆的正式收养者。然而，这个家庭最终拒绝正式收养他，他此后便一直住在当地的儿童之家，且机构不再考虑将他送至其他家庭寄养。如今莱姆已经15岁了，在这个国家，他没有家人，他十分渴望了解更多关于他生母的信息。

然而，我们没有一点儿西赛小姐的消息，甚至不知道她是否还活着，如果她还在世，应该还算年轻。我知道西赛小姐与贵教会有联系，因此才写了这封信。

所以在此我谨代表莱姆询问，你们是否愿意或能够寻找一下西赛小姐的下落？作为一名儿童福利社工，我坚定地认为莱姆应该获知他生母的消息、与她取得联系，这对他来说将有莫大的帮助。

然而，我也理解这件事一定非常棘手，希望你们不要介意我通过这种方式联系你们。

此致！

高级社工 诺曼·米尔斯
1982年10月13日

基督复临安息日会北不列颠教会的回信如下：

亲爱的米尔斯先生：

我今早打电话联系您，但您不在。

我们已经证实，在你信中所说的那段时间里，叶默谢特的确是纽伯德学院的学生，而且是埃塞俄比亚方面推荐过来的优等生。事实上，她曾是该学院埃塞俄比亚校区负责人比约肯博士（Dr. Bjorken）的秘书，比约肯博士现在是纽伯德学院的讲师。

他建议你给我们在埃塞俄比亚的教会的主席写信，其联系方式如下：

亚的斯亚贝巴，埃塞俄比亚布道会，加布雷·M. 费莱马（Gebre M. Felema），邮政信箱 145。

你从他们那里得到的信息肯定会比我们这里多。

祝愿你得到圆满的结果，让你所关心的那个男孩得偿所愿。此致！

R.H. 瑟里奇（R. H. Surridge）

1982 年 10 月 20 日

圣诞节那天，我的社工给了我几封信的复印件，它们被存放在我的档案里。

亲爱的西赛小姐：

特在此写信告知你，莱姆仍在我的照护之下。他被安置在一个很好的寄养家庭中，我非常希望他能与他的寄养父母和谐相处、安稳生活，直到他能够独立照顾自己，并尽可能享受到寄养家庭的照顾和支持。他目前身体很好，是个活泼开朗的孩子。

我们现在还不能让他的寄养父母正式收养他，但我希望他的寄养父母之后会进行正式收养的下一步行动。

与此同时，我必须请你与我保持联系，即使你有可能会离开这个国家。因为在他人生的某些阶段也许需要你签署一些书面同意书。

还要提醒你一下，我有责任评估你对抚养孩子所做的努力，并且愿意听取你对此事的看法。

我知道你目前还是一名学生，但我想你也许有能力每周支付这方面的费用。

祝你一切安好。

此致！

儿童事务官

1968 年 3 月 22 日

儿童事务官说"特在此写信告知你，莱姆仍在我的照护之下"，然而在那个时期，我在档案里的名字已经是"诺曼·西赛"了。他们给我妈妈的是不实信息。接着，我看到了一封信。

第二十五章

尊敬的戈德索普先生：

您也许纳闷——我为何杳无音信了。事实上，我收到了一封电报，得知我父亲病重，所以我不得不返回老家埃塞俄比亚——就在我从纽伯德学院毕业的第二天。上帝保佑，我成功通过了所有考试。我回到家后，在医院找到了我的父亲，他已经面目全非，我差点认不出他来，因为他骨瘦如柴。我没想到他还能活着，但不管怎样，他活下来了，这真是一个奇迹。

以上就是关于我的情况，我就不在此赘述了。

我有以下几个问题，不知可否为我解答：

如果我想让莱姆离开那里，应该采取什么措施？我非常想把他接过来。上周，那个人——我怀孕的始作俑者——来找我，向我解释他的所作所为并请求我的宽恕，还问了我后来的情况。我把一切都告诉了他，因为我认为这样做对孩子才是公平的，否则我对那个孩子也根本不会有爱。我也把这些话告诉了那个人，我告诉他，他是这世上最残忍无情的人，我根本不想看到他的脸。不过，为了莱姆，有些事情我必须跟那个人商量。莱姆需要人照顾，他应该生活在自己的国家，和与他肤色相同、国籍相同的人在一起。我不希望他受到歧视。

请告诉我他寄养父母的地址。

他的父姓是格迪（Geddy），不是西赛。

请尽快给我答复。我想尽快解决这个问题。我知道生活总是问题不断，但最好还是应该先解决紧急的问题。

如果没有你的帮助，我根本不知道自己该怎么做。我欠你

> 一个很大的人情。
>
> 愿上帝保佑你工作顺利,硕果累累。
>
> 此致!
>
> 叶默谢特·西赛
1968 年 7 月 4 日

这封信的收件人是在位于英国威根郡级市帕森步道市政大楼的儿童事务部就职的儿童事务官 N. 戈德索普先生,而寄件人是来自埃塞俄比亚的叶默谢特·西赛。

他们骗了我。有人爱我。我有妈妈,她爱我。

> 我非常想把他接过来……他应该生活在自己的国家,和与他肤色相同,国籍相同的人在一起。我不希望他受到歧视。

她为什么说"我不希望他受到歧视"?难道她自己亲身经历过?如果她当初不想要我,为什么会说"我非常想把他接过来"?她解释说,她收到了一封父亲病重的电报,才不得不回到埃塞俄比亚。

这是一封由 N. 戈德索普寄给叶默谢特·西赛的回信。内容如下:

第二十五章　135

亲爱的西赛女士：

收到你的来信我感到很惊讶，这才知道你已经回到了埃塞俄比亚。

我知道你的儿子最好能与他的家人生活在一起，但对此我必须非常谨慎，必须确保把他送到你身边后他将一切安好。

他目前被照顾得很好，与他生活在一起的那家人是虔诚善良的基督徒。他们对他很好。

不过我恐怕不能告诉你他们的姓名和地址，毕竟你也应该知道，他们最终很有可能会正式收养他，当然，前提是必须经过你的同意。当初我们与你商谈这件事时，你对此的态度十分坚定，因为你认为这对他来说是最好的安排。

请你再慎重考虑一下，并给我回信。

此致！

儿童事务官
1958年8月2日

我刚看到这些信时的喜悦没过多久就变成了愤怒。阴影悄悄袭入我的内心。那时候人们还不怎么提"抑郁症"这个概念。我走进格雷戈里大道的大门之后，就立刻回到了自己的卧室。需要对此事负责的正是当初不肯把我还给我母亲的当局。他们把一切都瞒了下来。以前，我只是感到很不安，以为那些负责此事的工作人员对我的情况一无所知，可从我收到这份档案文件的那一刻起，他们的伎

俩就暴露了。每个人都在撒谎。格林伍德夫妇打从一开始就在撒谎。

> 档案中有一封信,是诺曼的生母于1968年写的,在信中她要求将诺曼送回埃塞俄比亚,送回她的身边——也许应该让诺曼知道这件事吧?

> 诺曼一切都好。格林伍德太太完全没把他当作领养的孩子对待。诺曼两三个月大的时候就跟格林伍德一家人在一起了,格林伍德太太对他视如己出。这对寄养父母提过正式收养的事,但他们担心和正式收养相关的调查会涉及诺曼的生母。
>
> 1974年12月11日

我的生母并没有做错什么,她并非穷困潦倒,也并非一贫如洗,她没有抛弃我,她只是在英国时发现自己有了身孕,并寻求了帮助。

诺曼·米尔斯给了我出生证明。我看到了自己的名字,我的埃塞俄比亚名字,是我妈妈给我起的。我叫莱姆·西赛。我心里默念。

我不知道"Lemn"这个名字该怎么发音。我想"Lemn"中的"n"肯定是某个懒散的注册人员粗心大意写上去的,所以我把这个名字读作"lem"。我左手上有我名字的缩写"N.G."和外号"乔基"的文身,那是我14岁在伍德菲尔兹时自己文上去的,用的是一根很钝的针和印度墨水。我在自己的手上刺了几百下,把墨水刺进皮肤。露出嫩肉的伤口开始结痂。你自己弄的文身就是这样的。等伤口上的痂掉下来。嘿！你猜怎么着，还真文上了。几天后，我试着把文身去掉，但为时已晚，墨水已经渗进了皮肤。现在，这些"手作"文身已经几乎看不见了，它隐匿在我的皮肤之下，就像鬼魂一样。大约就在文身的那段时间，我用剃须刀片割破了左手腕。

现在，我终于知道了自己的名字。我的真名叫莱姆·西赛。我也知道了自己的国家——埃塞俄比亚。我立刻作出决定。我要使用自己的真名，并让所有我认识的人都叫我的真名。如果他们问我为什么要改名字，我就会告诉他们："我没有改名字，这是我出生证明上的名字，是我一生下来就有的。它一直就是我的名字。"

我叫莱姆·西赛。我叫莱姆·

西赛。我叫莱姆·西赛。

我叫莱姆·西赛。

第二十六章

我站在阳光下一动不动,
一道黑影移动,随后隐匿无踪。
这是我亲眼所见,
虽无法证明,但这一切的确曾发生。

由于我改了名字,在夜晚常常有奇怪的行为,再加上喜欢光着脚,所以镇上的人都认为我疯了。事实上,我确实疯了。当局似乎并不明白到底发生了什么。圣诞节过去了,我变得更加沉默寡言、自我封闭。社工诺曼·米尔斯带我去警局接受训诫,我"恶意损坏沃丁顿夫妇的财产",因此被罚处赔偿受害者的损失,共计9.26英镑。

难道没人看出这是怎么回事吗?我感觉遭到了背叛。诺曼·米尔斯告诫我要对警察"傻笑"。我不害怕警察,但也不尊重他们,因为他们保护的是当局的权威。但"9.26英镑事件"造成了难以预料的后果。1984年1月18日,当局发来了一封信。

致威根郡级市社会服务部的部长：

关于诺曼·格林伍德（出生于1967年5月21日，寄养于格雷戈里大道家庭教养院），我们于1984年1月17日在格雷戈里大道举行了讨论会，特将讨论结果公布如下：

1.1983年12月，正式审查被推迟，因为诺曼当时刚刚开始工作，我们对此都很重视，认为还是不要打扰他工作为好。

2.1983年12月23日，由萨姆纳先生主持召开了一次紧急会议，因为当时诺曼对一名工作人员表现出攻击行为。诺曼受到了严厉警告，并被处以"缓刑"。

3.目前的审查会议旨在调查和研究诺曼的最新情况。

4.1984年1月17日的调查报告如下：

① 诺曼对斯特里特太太表现出了进一步的挑衅和攻击行为。

② 他对家庭教养院里比他年纪小的孩子们很不友善。

③ 1984年1月13日，诺曼·米尔斯将诺曼·格林伍德带到雷伊警局接受训诫，因为诺曼·格林伍德犯下了恶意破坏前雇主财产的罪行。在受训期间，诺曼一直对警务督察傻笑。

④ 诺曼的情绪喜怒无常——有时和颜悦色，但转瞬间就变得咄咄逼人。

⑤ 他心胸狭隘，时常心怀怨恨，对从前的事情耿耿于怀。

⑥ 他曾经恶意损坏家庭教养院的橱柜门。

⑦ 新年之后他突然辞职，说不干就不干了。

⑧ 他似乎有债务问题。

第二十六章

5. 我们认为诺曼没有履行 1983 年 12 月 23 日的会议上的约定，因此我们别无选择，只能考虑将他转移。

6. 我们考虑了其他的可能性。诺曼太年轻，不适合单独租住单人公寓，而且他也不够成熟，无法独立生活。他需要一位极有耐心且宽容的女房东——如果这样的人真的存在的话。所以目前看来，能满足他需求的最理想的住所是青少年招待所。①

7. 特令诺曼·米尔斯和住房部用两周时间对这类收容所进行调查。如果我不到符合条件的住所，我们建议将诺曼转移到奥克兰兹（Oaklands），如果他的行为表现和态度继续恶化，则应考虑立即将其转移到伍德恩恩。

蒂尔兹利地区办公室

1984 年 1 月 18 日

我依然没有放弃在服装厂的工作，至少并没有依照他们暗示的那样去做。但我不能冒险，所以我不能再做那份工作。我和其他 16 岁的男孩一样，不该有什么"债务问题"。我越想越生气。负责照顾我的人对我提起了诉讼，因为这起案件引发了儿童事务部部长的关注。但这跟我有什么关系呢？

这位部长之所以插手，是因为警方罚了我 9.26 英镑。但警方是因为沃丁顿太太报警才来的。正如我们现在所知道的那样，沃丁顿

---

① 青少年招待所（Working Boy's Hotel）是由当地政府或慈善团体开办的廉价招待所或慈善收容所。——译者注

先生解雇了我,因为社会服务部正在调查他的账目。

至于橱柜的事情,我记不清了,但我承认是我干的总行了吧,他们说我打坏了一个橱柜,那他们说什么就是什么好了。那是1984年,简直和乔治·奥威尔(George Orwell)的《1984》如出一辙,当时我才十几岁,正处于崩溃的边缘。

当局发来的信中写道,"诺曼没有履行1983年12月23日的会议上的约定,因此我们别无选择,只能考虑将他转移"。

就像信中所说的那样,诺曼·米尔斯和住房部得到了两周的时间来弄清楚有没有可能为我找到合适的住所。如果找不到合适的地方,当局建议将我转移到奥克兰,如果我的行为和态度继续恶化,便可能会立即被转移到伍德恩。诺曼·米尔斯竭尽全力想为我找到一个可以远离这一切的地方,他千方百计想把我救出来,因为他知道发生了什么。我称之为"机构恐慌"。

> 请参阅个人情况讨论会记录。诺曼对于被转移一事感到很不高兴,因此仍然表现出了极其消极的态度。

1984年1月17日

我联系了曼彻斯特地区的两个志愿组织,希望能让诺曼住进他们的青少年招待所。科特里尔(Cotrtriall)夫人也帮忙联系了斯托克波特(Stockport)的一家青少年招待所。然而,最终当局高层还是以财务成本过高为由拒绝将诺曼安置于此。因

此诺曼今日（即1984年2月1日）将被转移到奥克兰兹。

1984年1月17日——1984年2月1日

这是一封高级社工诺曼·米尔斯寄给社会福利协会的信，内容如下：

尊敬的J. 奥格登（J. Ogden）女士：

感谢您于1984年2月1日的来信，以及随信所附的关于"海利"的资料。很抱歉没能尽快给您回信。

不幸的是，在将这些信息转达给住宿主管后，当局高管层下达了决定，他们目前不同意为诺曼（莱姆）·西赛提供其他安置方案所需的资金。目前这种情况下，诺曼本人开始表现出极度的不安和焦虑情绪。所以，现在看来，采取进一步行动对他来说十分不合时宜。

因此，眼下我们显然无法就诺曼的事情向贵协会提出申请。不过，请允许我对您的协助表示感谢，如果可能的话，希望我们以后能有机会再联系。

此致！

高级社工 诺曼·米尔斯
1984年2月15日

奥克兰兹

我正在走向绝望。我得让他知道这一点,我要让他们把这一点记录在档案里。

第二十七章

我在雨中劳作,风暴说,
雷电击碎了他的心;
我在光明中苏醒,黎明说,
在黑暗中旋转太阳。

位于洛顿的奥克兰兹是一座巨大的维多利亚式建筑,与伍德菲尔兹一样,从雷伊到那里的路,和从雷伊到阿什顿与格雷戈里大道的路,方向是截然相反的。如果说伍德菲尔兹是混乱嘈杂的疯人院,那么奥克兰兹就是一片无人问津的荒野。伍德菲尔兹曾经的负责人约翰·哈丁如今成了奥克兰兹的管理者。而我,则备受焦虑和抑郁的折磨。

我尝试感受独处的时光,晚上一个人四处游走,一边走一边思索。在桥下一条破旧的小路上,我发现了一道拱门,在那里没有人能看见我,于是我唱起歌来。歌声在拱门里回荡,我唱着马利的歌,吟诵着我自己写的诗。我看到了田野对面的房舍,看到了各家各户的客厅和卧室里亮着的橘色灯光,还有远处的儿童之家。

你怎么还能悠然闲坐,对我说你满怀慈悲?
你在乎什么?
……
我们是幸存者,是的,黑人幸存者。

——鲍勃·马利《幸存》

在奥克兰兹,约翰·哈丁那副自私自利、肆意妄为的态度遭到了一些真正关心孩子的工作人员的抵制。而我已变得越来越孤僻和自闭,内心也越来越支离破碎。诺曼·米尔斯告诫我,有人已经提起了伍德恩德。于是我告诉他,我必须告诉他们:我白天无法出门。我正在走向绝望。我得让他知道这一点,我要让他们把这一点记录在档案里。

> 诺曼告诉我他患有某种心理疾病,我认为是焦虑症或恐惧症。他对自己的身份感到困惑,不想再当"乔基·怀特"——那个人人都喜欢的喜剧角色。然而,他的自我认同感似乎很低,认为自己愚不可及,并且无法自如地与他人交谈。他说这就是他放弃工作的真正原因。
>
> 他似乎对离开儿童之家感到恐惧,故意走在阴暗的小道上以躲避众人,并且对大多数人都报以有侵略性的口头攻击。我

认为，这是因为他觉得大多数人会对他所说的任何话都予以批评。然而，诺曼不愿跟除我以外的任何人讨论这些感受。

1984年2月13日及1984年2月18日

奥克兰兹里的个人情况讨论会，见会议记录。会议最终赞同由我来联系莫斯医生（Dr.Moss）和精神科医生库克（Dr.Cook），检查诺曼的精神状况。

1984年2月14日

诺曼·米尔斯愿意聆听我的话，而我周围的工作人员却对我视而不见，他们只关心儿童之家的纪律和秩序。我不想得到什么福利或津贴，我为自己的道德素养感到骄傲。儿童之家坚持要我申请补助，这样我就能支付自己的生活费了，但我没办法外出登记领取补助，因为我无法走出儿童之家的大门。

这是一份由莫斯医生出具的用于提供给社会保险相关部门或申请法定病假的证明，内容大致如下：

诺曼·西塞先生：

经过今天的检查，特建议您停工一周。

L.G.N. 莫斯医生

这是一封儿童之家写给疾病补助金签发部门领导的信件，内容如下：

尊敬的领导：

患者莱姆（也叫诺曼）于1984年2月2日从位于阿什顿市格雷戈里大道26号的儿童之家搬到了"奥克兰兹"。

自1984年1月停止工作以来，他一直处于失业状态。据我所知，莱姆至今都没有申请补助金。然而，这可能是由于他的精神状况出现问题所致。关于这一点，我所在的社会服务部直到现在才意识到，并已得到莫斯医生的证实。

如您所知，莱姆几乎从出生起就一直由收容机构照顾。自1月份停止工作以来，他每周只能从社会服务部领取为数不多的零花钱。

希望您能关注此事，我将不胜感激。

此致！

1984年2月20日

地区执行官萨姆纳先生声称，我目前的心理健康已得到莫斯医生的证实，而相关部门刚刚开始关注。他把我的情况从格雷戈里大道转到了奥克兰兹。我之所以要看医生，是因为我想让他们把我的病情记录在案。最后，我的计划终于奏效了。根据医生的诊断，我可以要求去看精神科医生。我毫无安全感，我需要帮助，最重要的是，我需要见证者，我知道我已经精神崩溃了。我在奥克兰兹待了十几天后，萨姆纳先生出具了报告。

> 1982年2月14日，我们在奥克兰兹举行了诺曼的个人情况讨论会。出席会议的有萨姆纳先生、米尔斯先生、多宾（Dobbin）先生、哈丁先生、照管人员，以及诺曼本人。
>
> 1984年2月2日，诺曼从格雷戈里大道搬到了奥克兰兹。他在格雷戈里大道时的表现令人无法忍受，所以我们认为，对他来说奥克兰兹可能是一个更合适的去处。来到奥克兰兹后，诺曼的行为似乎没有什么变化——他一如既往地不肯与人合作，回应别人时总是偏执固执，甚至故意挑衅。他似乎觉得工作人员都在针对他，与此同时，工作人员也觉得与他相处困难，因此气氛日益紧张。诺曼抱怨，自己的健康状况出现了问题，并把这一情况告诉了米尔斯先生，说他需要精神科医生的帮助。他不打算向任何人透露这个问题的实质，但他说这使得他具有一定程度的反社会倾向，比如他摔坏了自己的吉他，变得孤僻，以及拒绝在"救济金"申领单上签字，等等。我们找不出这些问题的原因。上次会议中有人提到，如果他的情况没有任何好

转，我们就应该考虑把他转移到伍德恩德。不过这只是少数人的观点，我们认为，在现阶段，这种做法为时过早，我们还是应该先调查和解决他的心理问题。

从资金的角度看，我们不得不同意他的要求，直到他得到精神科医生的诊断证明，或者接受"救济金"，抑或找到工作为止。

结论：

诺曼暂时继续留在奥克兰兹。

为了诺曼的心理健康着想，同意他接受莫斯医生的检查和医治。

是否将诺曼转介给精神科医生库克，尚有待观察。

地区执行官 K.B.萨姆纳
1984年2月20日

我在儿童之家住了四年，可我依然没有家人。我很清楚那些本应照顾我的工作人员根本没有履行职责。一天午夜散步时，有人冲我喊道："你在这儿瞎晃悠什么呢？你这个该死的黑鬼、怪胎。"几天后，我看到了那个人家里漂亮的车库门，便一脚踢了上去。结果警察来了。

言归正传，我要求去看精神科医生。在写给诺曼·米尔斯的第一封信中，精神科医生称我为"诺曼·格林伍德（又名莱姆·西赛）"。而她三月份寄来的信中又称我为"莱姆·西赛（又名诺曼·格林伍德）"。

这是一封由精神科医生库克写给高级社工诺曼·米尔斯的信，其内容如下：

亲爱的米尔斯：

感谢你将莱姆的情况告知于我。如你所知，1984年3月6日我在加斯伍德见过他，你的报告对我十分有帮助，让我提前了解到他的生活经历和背景。

关于他过去的那些经历我就不再赘述了，你都了解的。但在过去的两三个月里，我们越来越为莱姆担心。他本人也很担忧——事实上，他主动提出要去看精神科医生，因为他很担心自己的精神状态。他是个十分聪明的孩子，口齿伶俐，能够条理清楚地描述自己过去的经历，并讲述自己当时的想法和感受。

他告诉我，他觉得他目前有两个主要问题：一个是他对自己的身体及自己对他人的影响具备超乎寻常的敏锐感知和意识；另一个是他想找到一种全新的人格，因为他觉得自己过去的人格是依照别人的期望被强行塑造的。在种种问题中，最大的问题是他摒弃了过去坚信不疑的信念，却没有其他信念可以取而代之。他变得对拉斯特法里教的教义和文化十分感兴趣，这一点儿也不奇怪，但他现在仍然没有足够的信心结识其他的埃塞俄比亚人。

印象中，莱姆是个追寻诚实、信任的人，但在他的生活中，出于某些原因，许多成年人对他却不够诚实，所以他自然不开心，并因此产生了人格解体的表现。然而他很聪明，有幽默感和敏锐的洞察力，这些都将有助于唤醒他以乐观的态度面对未来的能力。

　　莱姆承认，在他还不能为自己的未来制订计划时，会感到走投无路。我觉得我们必须承认，尽管他目前情绪低落、内心不安，但他绝对不是"疯了"，也没有任何精神障碍。我提出与他单独见面，他已经同意了。

　　此致！

社会服务部医生　彭妮·库克（Penny Cook）
1984 年 3 月 8 日

　　1984 年 3 月 20 日，我因为踢了别人家的车库门而站到了雷伊的少年法庭上。诺曼·米尔斯给法官写了一份原件长达三页的证词，概述了我与生母及格林伍德一家的纠葛。

被告：莱姆·西赛，16 岁

出生日期：1967 年 5 月 21 日

住址：洛顿市圣玛丽区牛顿路 196 号奥克兰兹儿童之家

被控罪行：刑事损害

法庭判决：有条件释放（1 年）

家庭背景：生母叶默谢特·西赛，38 岁，最后已知地址不详；生父不详

寄养父母：格林伍德夫妇（有三个亲生孩子）

莱姆目前住在奥克兰兹儿童之家,这是一家位于洛顿的规模较大的儿童之家。该机构受威根郡级市议会下的社会服务部管辖,莱姆自1984年2月2日起居住在这里。在此之前的三年里,他一直住在阿什顿的一个小型儿童之家。尽管莱姆有自己的卧室,但所有的设施均与奥克兰兹里的孩子们共享。

莱姆自1967年6月30日起就一直由社会服务部负责照顾。自1971年1月起,该机构就对这个孩子具有监管权。自从由社会服务部照顾以来,他就一直被叫作诺曼,但最近他重新开始使用生母给他起的埃塞俄比亚名字——莱姆。

莱姆是埃塞俄比亚人叶默谢特·西赛的私生子,出生于威根地区。当时西赛小姐正在英国一所学院学习。她于21岁时生下莱姆,在莱姆几周大的时候要求将其送至政府收容所,因为她声称自己无法照顾他。她完成学业后回到了埃塞俄比亚,当时她已经知道莱姆被送至格林伍德夫妇家寄养。西赛小姐此后从未返回英国,但她一直与社会服务部保持着联系,直到1968年7月联系中断。

莱姆七个月大的时候被送到格林伍德夫妇家寄养,当时他们没有自己的孩子。但后来,他们有了三个自己的孩子,其中年龄最大的一个叫克里斯托弗,是在莱姆大约1岁时出生的。1980年1月,莱姆从格林伍德家搬到了伍德菲尔兹儿童之家,当时他年仅12岁半,因此他从未了解过其他家庭的生活是什么样的。虽然莱姆同格林伍德家的关系已经破裂,但他仍然视自己为格林伍德家的一员。

莱姆和他的寄养父母之间的关系长期处于紧张状态，不过人们普遍认为莱姆在寄养家庭中获得了一定的安全感。然而，莱姆难以接受格林伍德夫妇极为古板的基督教信仰，这种反应似乎最终导致了他们关系的崩溃。莱姆进入青春期后，开始质疑自己与其他同龄人相比缺乏自由，这一点受到了寄养父母的批评和指责。格林伍德夫妇表现得极其固执和严苛，缺乏宽容和灵活性，无法容忍莱姆对基督教信仰的反叛。

最终格林伍德夫妇要求我把莱姆送走，不过他们声称是莱姆本人想离开的，这在很大程度上淡化了他们可能存在的内疚心理。

莱姆在雷伊的伍德菲尔兹儿童之家住了一年，于1981年1月被送到阿什顿格雷戈里大道的一个小型家庭教养院。在这段时间里，格林伍德一家很少联系他，因此双方的联络几乎完全靠社会服务部维系。格林伍德家同意让莱姆偶尔回来探望，在家里待一天。不过莱姆很清楚，只有他完全符合格林伍德家的要求，他们才会接纳他，允许他回去。因此，一段时间之后，莱姆便开始拒绝拜访格林伍德一家，他有一种被"家人"拒绝的感觉，同时深感内疚。他情绪低落了很长一段时间，最终意识到了自己的处境。

因此，我当时与莱姆的接触都旨在帮助他接受现实（包括他的"家人"应该负很大责任的事实）。从那以后，莱姆便对格林伍德家的问题有了正确的认知，并敏锐地洞察到了他们的态度和行为。尽管如此，莱姆仍然保持着对格林伍德一家的忠诚，偶尔还会去看望他们。然而，据我所知，那个寄养家庭已经很多年没有联系莱姆了。

过去的12个月对莱姆来说尤其难熬，各种状况持续不断，因此他更加孤僻自闭。莱姆于1983年5月毕业离校，获得了六门课程的CSE证书。他在学校里人缘很好，十分受人欢迎，可惜他的学习成绩并没有达到他应有的水平。

莱姆本应在学业上取得更大的成就，可惜在离开学校前的几年里，他周六一直在给一位当地商人打工。这位商人说服了莱姆，称自己会帮莱姆开启自己的生意，给了莱姆很大的期望，但不幸的是，他后来似乎收回了曾对这个孩子许下的承诺，因此原本关系密切的两个人分道扬镳、不欢而散。不久后，莱姆闯进这位商人的库房，故意损坏了一些存货，造成了价值9.8英镑的经济损失。这是莱姆第一次被指控犯罪。在我看来，这主要是因为他感受到了这位商人对他的深深背叛。莱姆因这一罪行而受到了警方的警告。

在过去的一年里，莱姆与阿什顿儿童之家的负责人关系逐渐恶化，并与许多福利院的朋友失去了联系。1983年底，莱姆通过自己的努力，在当地一个工厂找到了工作，干了两个月左右。然而，可惜的是，莱姆于1984年1月放弃了这份工作，因为他觉得自己无力胜任。在过去的几个月里，莱姆似乎患上了抑郁症和焦虑症，他的自信心和自我意象受到重创，目前正在接受治疗。

对罪行的态度：

莱姆已经全然承认了今天他出庭时被控犯下的罪行。然而，他解释说，他犯下这一罪行是为了报复车库门的主人，因为此人之前说他是"黑佬"。

结论：

莱姆·西赛是一个聪明且敏感的孩子。在他短短十几年的人生中，遭受了太多的冷眼和厌弃。他12岁的时候被寄养父母厌弃，这并不是他的错。在很大程度上，这要归咎于寄养父母本身的过失。随后的时间里——尤其是过去的12个月——莱姆经历了一连串人际关系破裂事件，他也把这些视作自己受到了厌弃，这严重地打击了他的自信心。目前，他对一切"不言而喻的"批评都十分敏感，这只是他过去几个月的抑郁状态的一部分表现。他是个孤立无助的孩子，没有稳固的家庭关系和亲密的家人可以依靠。

莱姆所犯的罪行都是最近发生的，当时他情绪十分低落，还承受着将被转移到另一个儿童之家的焦虑。过去，他并没有采取过不良行为来应对种族偏见，因此我认为今后他有能力避免再度犯下此类罪行。所以我恳请您考虑对他的罪行判处有条件释放。

高级社工 诺曼·米尔斯

对一个处于精神崩溃状态的 16 岁男孩来说，这份报告是最有力的辩护。我被判处一年的有条件释放。几天后，当局负责人召开了"关于管理问题的社会工作者会议"。这一切简直就是真实的《1984》。

关于管理问题的社会工作者会议

列席人员：奥克兰兹负责人约翰·哈丁先生、奥克兰兹宿舍管理员，以及戈尔本（Golborne）高级社工诺曼·米尔斯先生和雷伊市社工琼斯女士

会议开始时，罗伯茨先生表示，会议目的是讨论对年龄较大的儿童的管控问题，并尽可能地从社工那里了解孩子们对奥克兰兹的态度，以及住在这里的感受，同时收集任何有助于解决儿童之家管理问题的建议。

接着，与会者又花了一些时间讨论诺曼·格林伍德的事情，因为他的表现让工作人员甚为担忧。奥克兰兹的工作人员提到，诺曼的行为具有破坏性，而且总喜欢将一些年龄尚小的孩子引入歧途。最近他还搞出各种恶作剧，比如他趁深夜工作人员熟睡后悄悄起来爬上了大楼外的脚手架。诺曼的行为问题已经存在了很长时间，无论是在奥克兰兹还是在他之前所住的格雷戈里大道，他的行为问题都出现过。然而，近期我们对他的行为问题有了大致的了解——他似乎患上了某种抑郁症。总而言之，他的精神出了问题。米尔斯先生说，尽管诺曼行为不端，但他一向诚实坦率，如果做错了事，他肯定会承认的。

工作人员抱怨诺曼总是故意对他们推推搡搡，以激起他们的怒火，他的行为具有破坏性。米尔斯回应说，诺曼很想与人有身体上的接触，他自己也意识到了，在某些情况下，他的那些做法会让工作人员感到尴尬。

随后，会议就诺曼及他过去的经历进行了长时间的讨论，但对诺曼的行为问题仍未能找到确切的答案。会议讨论的重点似乎更多地放在了"不端行为暴露后他如何进行应对"这一问题上。

当时我不知所措。一方面，当局以去伍德恩德要挟我；另一方面，警察对我纠缠不休。接下来的这个5月21日将是我的17岁生日，到了那个时候，还有12个月，我就会被赶出福利收容系统。我讨厌奥克兰兹，我讨厌约翰·哈丁。

最近接二连三地与诺曼见面——因为他仍然不愿也无法独自出门，我只能继续带他去见莫斯医生和库克医生。

然而，诺曼向我保证，他的精神状态正在好转。他开始重新享受生活的乐趣，不过依然常常感到沮丧和不开心。他偶尔会去雷伊和阿什顿，现在他重新加入了雷伊的"谁关爱你"小组，不过这一次诺曼依照自己的方式行事。他并没有让莱斯利·詹金森以消极的方式主导小组，而是自己主导小组，并让一切朝着我认为更积极的方向发展。

诺曼还与英国国家福利收容儿童与青少年协会（National Association of Young People In Care，简称NAYPIC）取得了联系，希望他们能出版他创作的一些诗歌。与库克医生见过几次面后，他似乎获益良多，并认为库克医生确实非常理解他的身份和文化危机问题。库克医生正在努力帮助诺曼与曼彻斯特地区的一群有色人种青少年建立联系，这是诺曼一直都在盼望的事情（尽管他为此感到非常紧张）。

诺曼曾给埃塞俄比亚的基督复临安息日会写信，并很高兴收到了回信。他从回信中得知他的生母目前在加纳。埃塞俄比亚布道团答应尽力帮他联系生母。我给诺曼看了许多他生母的信件——特别是那些证明她曾试图重新获取诺曼的抚养权（1968年）但遭到威根当局儿童事务部拒绝的信件。

遗憾的是，诺曼对奥克兰兹的工作人员的态度和行为并没有什么改善。

我知道，他故意跳到床上把床弄坏了——通常一到深夜他就会捣乱。有一次，在与格林伍德一家发生争吵之后，他消失了大半个晚上，不知所终。诺曼偶然间认识了一个（白人）女孩，目前他们正在交往且关系稳定。这个名叫戴安娜的女孩今年17岁，来自阿什顿，有工作。

诺曼的衣物仍然是个问题。李先生和威尔逊先生告诉我，儿童之家的财务账户无法为诺曼支付他衣物的费用，因此我为诺曼向基层负责人休姆（Hulme）先生申请了一些衣物，但目前尚未收到回复。

高级社工 诺曼·米尔斯
1984年4月10日—1984年5月22日

这些报告是在我 17 岁生日前后写的。没人告诉我这些事之间有什么联系。我回到格林伍德，想拿回我的照片。我的寄养母亲凯瑟琳让我坐在豪华的客厅里，仿佛我是一名访客，然后她打开相册，故意挡住那些照片不让我看，就像孩子在学校餐厅的餐桌上护住自己眼前的食物，以防别人把炸薯条抢走一样。我觉得自己受到了侮辱。我没有留存童年生活的印记，因此我需要一些照片，以此证明自己曾归属于某个地方。儿童之家里也没有我的照片。凯瑟琳小心翼翼地取出了四张照片，然后立刻合上相册，让我离开。但我还有一些关于我生母的问题想要问她，她却勃然大怒，啪的一声把相册摔在地上，随即给我的社工打了电话，要求他把我带走。她把我赶出家门，我只得坐在门前的台阶上等社工来接我。

我并没有"关系稳定的（白人）女朋友"。戴安娜是我的第一个女朋友。我们是在综合学校一年级时认识的，当时我 12 岁，和寄养父母住在一起。当我被从寄养父母家带走之后，戴安娜就不知道我去哪儿了，她打电话给我的养母，但养母没有告诉她我的去向。很多年后戴安娜才找到了我。我们一直都是密友。事实上，在我所知的范围内，我们的友谊是最亲密、最长久的。

第二十七章

我在夜里逃离了奥克兰兹。我沿着兰开夏东路走到了曼彻斯特的莫斯赛德——总距离将近23千米。我坐在离雷诺夜总会稍远的一家唱片店门口。当时是半夜两点，我看着路过的人们，他们一边走一边说说笑笑，那些漂亮的脸庞上有夜的暗影。夏日的夜空里飘荡着低沉的贝斯声，整个世界仿佛都在随之震动。

我的样子应该很吓人，浑身脏兮兮的，眼神狂躁不安，且充满恐惧。唱片店门口坐着的那个家伙真是可疑——没错，那就是我。一个私人出租车司机盯着我看了半天，一边看一边开车沿车道边缘缓缓前行。时间到了，我该走了。黎明时分，我走回了奥克兰兹，并找到了警察。

> 诺曼今天回到了奥克兰兹，随后带回了帐篷和睡袋。显然，他回来之后一直在窗帘前掸烧着火柴，以致窗帘都被燎得有些焦了。今天下午举行了一次个人情况讨论会（报告已存档），会议决定将诺曼转移到伍德恩德，进行一段时间的观察和评估。
>
> 1984年6月21日

我不记得掸火柴把窗帘烧焦的事，而且在此之前和之后也从未做过这样的事。报告里没有提到我的病情诊断，也没有提到我去看精神科医生的事情。这份报告写于5月17日，也就是我17岁生日的四天之前，来自奥克兰兹。

诺曼没有回来。晚上11点25分警局通知了我们。4点50分，A.L.U打来电话，说诺曼在他们那里，他是被人送过去的。当问他前一天晚上去了哪里时，他回答说"就在附近转悠"。警察赶过去之后，他说他在格林伍德太太家，一直待到了晚上10点30分。

诺曼又爬上了奥克兰兹建筑外的脚手架，并在外面过夜。他跟我说，他在周日深夜（1984年6月17日）与格林伍德一家发生了激烈的争吵，这让他"怒火中烧"，于是他在阿什顿和洛顿附近转悠了一整夜。他今天心情很不好，并且始终斩钉截铁地对我和哈丁先生说，他没有收到最新的一笔救济金的支票。尽管我们费尽口舌地告诉他，救济金支票已经被兑换成现金给他了，但他坚决不承认（本周诺曼得到了10英镑现金），显然，他认为整件事简直就像个笑话。

关于诺曼·格林伍德的特别会议记录

会议时间：1984年6月21日

列席人员：住宿主管罗伯茨先生、戈尔本地区执行官萨姆纳先生和高级社工诺曼·米尔斯先生、哈丁先生等

奥克兰兹的工作人员一致认为诺曼不会遵守任何纪律。他给奥克兰兹的其他孩子树立了一个坏榜样，影响了那些年幼的孩子，而有可能会导致奥克兰兹出现大规模的混乱。

第二十七章

大家一致认为诺曼不能继续留在奥克兰兹，因此需要作出决定，为他另选一处住所。此外，还要决定如何以最好的方式告知诺曼。

会议上还讨论了诺曼的行为不合规矩的原因，比如他没有控制自己行为的能力，或者他故意与当局对抗等。大家普遍认为诺曼需要保护，以免他自己及他人因他的反叛行为——无论出于何种原因——受到伤害。

米尔斯先生随后向大家解释了他把诺曼安置在奥克兰兹的原因。尽管他觉得这并不是最理想的选择，但他需要找一个距离格雷戈里大道不远的地方，因为这样诺曼就可以与他原来的朋友、熟人保持联系了。

有人提到库克医生（并未出席会议）一直试图帮助诺曼与曼彻斯特的一群有色人种青少年建立联系，因此也可以把诺曼安置在慈善收容所里，让一群与他追求相同文化的人和他住在一起。然而，这一想法被驳回了，因为高管层不同意为之提供资金。有人建议可以让库克医生再次联系高管层，并强烈建议让诺曼住进曼彻斯特的一家慈善收容所——如果不及时采取措施，就会产生不利影响。

最后，与会者认为，由于诺曼的行为对儿童之家的其他孩子们产生了严重的不利影响，且他的行为（如用点燃的火柴烧焦窗帘）具有一定的危险性，因此只能把诺曼从奥克兰兹转移，除此之外别无他法。会议决定，有必要将诺曼安置在伍德恩德这种管教更为严格的地方，进行一段时间的观察和评估，以求解决诺曼的问题。

于是，罗伯茨先生当天晚上便开始安排诺曼的转移事宜。

伍德恩德

这些人可以禁锢我们的躯体,却无法禁锢我的想法。

第二十八章

将冰与火相抵，
让冰消融，
眼前断裂的电话线
与混乱的思绪相缠。

我们犹如被捧在手中的水
流淌不息，
水花飞溅，
分裂大地。

当局决定将我拘禁在伍德恩德，时间从 1984 年 6 月 21 日开始，没有任何罪名，也没有任何说明。我当天就被带走了。诺曼·米尔斯开车送我穿过洛顿、雷伊，在阿什顿里穿梭，最终来到珠穆朗玛峰路。汽车驶进伍德恩德评估中心的大门。

我们两人都沉默不语。米尔斯不想让我进去。其实，在我从格雷戈里大道被转移到奥克兰兹之前,他就已经预感到了这样的结局。在威根社会服务部,我已经被"照护"了17年,而现在,他们却要对我进行评估,这简直是个笑话。这不是评估,而是监禁。

伍德恩德的工作人员不让诺曼·米尔斯进来,可他需要知道我在哪儿吃饭、在哪儿睡觉,好把详细情况写在报告里,但伍德恩德有自己的规定。那位工作人员脸上带着傻笑对我说:"欢迎来到伍德恩德,小伙子。我们这里的行事作风与别处不同。"

我被带到了杂物间。一个胖胖的男人走了过来,腰上挂着一大串沉甸甸的钥匙。他拍了拍手上的制服,说道:"地方不同,衣服也不同。"他手上拿一件有着三个扣子的T恤,一条深蓝色的长裤和一双帆布鞋,因为年头太久,且经过多次洗涤,布料都快烂了,看上去就像一堆脏兮兮的垃圾。他让我洗澡、换衣服,然后把我带到体育馆,坐在一张桌子旁。随后有人拿来一个托盘,上面放着食物和碗。我要用塑料叉子和勺子吃饭。伍德恩德里面一片死寂。墙上光秃秃的,一张画也没有。吃完饭,他们带着我穿过一道道灰色的防火门——这样更安全,然后来到了医疗室。医务人员傲慢地看着我,带着厌恶的神情给我检查身体。我就像机器一样被重新"编程"。

"你每天有一个小时的休闲娱乐时间。"那个胖男人对我说。他打开门,我们走进了一间普普通通的房间,一把把椅子靠墙排列,男孩们就坐在那里,他们几乎没有人抬头。锁门、开门、锁门、开门。我被一直带着往里走。突然,警报声响起,走廊里传来一阵嘈杂声。"那是在测试报警器。"胖男人说。

伍德恩德关着两种人:被羁押候审等待出庭的青少年和被看护的青少年。这只是字面上的差异,实际上所有人都被当作受指控的罪犯对待。我被人 24 小时严密监视。我和其他人一起沿着走廊按身高排队行进，最高的走在最前面，最矮的走在最后面。所有人都静默无声，只有在工作人员跟我们说话时，我们才能出声。评估中心的职责就是让我们时刻遵守秩序——无论是用餐时间、娱乐时间还是园艺课、文化课，都必须循规蹈矩。任何违反规定和纪律的人都会被打。这里没有"出去"一说，只有监禁。

评估中心的工作人员大多是男人。白种男人。不愿待在这里、总想另谋高就的男人。在我们面前毫不掩饰心中不满的男人。认为我们弱不禁风、懦弱低能的男人。总想找碴儿干一架的男人。昔日的警察、负责监视缓刑犯的执法人员、士官。留着胡子、挺着啤酒肚的男人。肥头大耳、膀大腰圆、像举重运动员一样的男人。拳头握得发白的男人。看起来就像俱乐部外面的保镖一样的男人。面孔惨白、带着瘆人的假笑、一张嘴就露出一口黄牙的男人。正在闹离婚的男人，酗酒的男人，私生活混乱的男人。试图忘记自己像我们这么大的时候绝对不想活成现在这副样子的男人。身患股癣、脚气以致备受折磨的男人。脾气暴躁的男人。崩溃的男人。身心受创的男人。危险的白种男人。痛恨自己的父亲的男人。

这简直就是乔治·奥威尔的《1984》的现实版。我想得没错，整个福利收容系统果然都扭曲畸形、溃不成军，假装有能力照护我，但其实对真相心知肚明。而在这里，这个系统完全揭开了自己伪装的面具。

重新"编程"意味着他们必须对我进行心理测试，以确定我需要劳动改造还是需要被劝诫教育。监禁侵犯了我的人权，因此在我看来，评估中心的任何东西都没有法律效力，包括里面的工作人员。

但我必须小心谨慎，以免被打。如何判定你是否愿意遵守规则？心理测试会问你很多问题，你是一棵森林里的树还是一棵山上的树？我回答，我是一棵诗人树。管理层对这个回答很不满意。

我很清楚我根本不应该来伍德恩德。我深知当局不知道该拿我怎么办。最重要的是，我知道，在伍德恩德，不能向他们发起任何挑战，否则会激起他们的怒火，自讨苦吃。

你是一棵森林里的树还是一棵山上的树？这种问题让我心里很不舒服，于是我用自己的方式回答他们。因此，伍德恩德找了一位学校的心理学家来对我进行评估。这位心理学家写了一封信。

> 亲爱的麦基（Macky）先生：
>
> 感谢您邀请我去见这位因在奥克兰敦行为不端、对他人心怀敌意而被转移到伍德恩德的年轻人。
>
> 我选择写信给您，而不是写一份正式的报告，因为我没有任何心理测试结果可以评论或解析，而且由于我对莱姆的了解有限，我觉得我无法提供更多关于他性格的说明。
>
> 如您所知，莱姆回答了一些问题，很随意地完成了大部分测试，并且拒绝了与我一起完成个人心智测试的建议。他拒绝的理由是，他认为这些测试不能真实地反映他个人的情况，而且有人很可能会以测试结果为依据，擅自为他作出决定——他更想自己作出决定。我认为他对测试和心理评估过程的准确性

和有效性心存怀疑。尽管我个人并不赞同这种观点，但一个心智正常人对此表示怀疑当然是可以理解且有一定合理性的。然而，他拒绝进行评估的动机不是因为理智，而是因为他对"照护"这个词日益反感，最典型的表现就是讨厌别人替他作出决定。

莱姆非常注重自我认同感，他对他的本源埃塞俄比亚（家族和历史）很感兴趣，并且对拉斯特法里教的一些理念和态度很着迷，而这些概念和态度则是黑人意识和黑人自豪感的深刻体现和文化表现。

我们要求他描述一下自己，他写道："生活……看上去就像电视上的纪录片"——在我看来，这表达了他对世界的一种疏离感。他要写一首诗，用他的话说，就是"捕捉自己内心的一种情绪"。他的诗是这样写的：

他们说，

这就是我，我的亲缘，我的归属，

可我最终仍然孤身一人。

我再次卷起小小的行囊，

信任再次破碎，又是一场徒劳的追寻。

像鞋带上死结，

他们自诩已用心尽力，

可他们越是拉扯，那结越紧，

最终，是谁历经掠夺被他们榨尽？

如今，穿越纸堆与理论的密林，

我才发现我的名字——莱姆——早已被刀剜去。

我被欺骗、殴打,被推搡、踹踢。

现在我名为莱姆,怒火已燃起。

我已参透了道理,

他们却训斥:你该把书上的字背牢!

他们企图浇灭火焰,

但火舌仍在灰烬中噼啪不息。

鲍勃·马利的精神永存!我很欣赏莱姆的勇气,但我并不相信他作出的选择是明智的。如果能得到一定程度的支持,不代替他作出决定,他就会少犯些错。

此致!

首席教育心理学家 J. 耶茨(J. Yates)
1984 年 7 月 12 日

当局对这位教育心理学家的来信感到十分不满。几天后,他们出具了一份自己的报告。对他们来说最重要的是,要留下记录以证明我并没有什么特别之处。

莱姆·西赛(出生日期 1967 年 5 月 21 日)的教室测试结果:
实际年龄:17 岁零 1 个月
算术年龄:15 岁零 6 个月

阅读年龄：15岁以上

阅读经验：13岁零1个月

理解年龄：8岁零11个月

创作年龄：15岁水平

常识：12/40

智商：90

测试过程中的初步印象和反应：

西赛完全藐视测试流程。尽管他最初的算术和读写测试成绩尚可，但后来的测试特别是心理测试，则引发了他一系列或随意敷衍或荒谬至极的反应。因此他的测试结果并不具有准确性和可靠性。但不得不说，他在算术和读写方面处于平均水平，这个结果还是公平可信的。

总体评价：

很明显，自从西赛进入伍德恩德之后，就对这种结构化的环境体验有些排斥，对于日常生活的安排和完成既定任务的要求，他的态度从一开始的随意慢慢转变成了彻底的蔑视。

但不管怎样，他是个松弛而友好的年轻人，而且思路清晰，谈吐幽默。他对拉斯特法里教抱持强烈的支持态度，但由于他不能容忍其他人的不同观点，因此常与工作人员发生争吵。

不过，总的来说，他依然保持了克制，并遵守了机构的日常规定和要求。然而，有时候，当被分派了他不喜欢的任务或当他心情不好时，他那收敛起来的蔑视态度就会变得强烈。这种情况在运动场上表现得最为明显，当他情绪低落时，要么会自己放弃努力，拒绝参加比赛；要么会做出与表现自身能力完全无关的行为，破坏队友的努力。

他和伍德恩德的其他男孩们大多关系不错。由于他的身材、肤色和极强的运动能力，他一直是孩子们关注的焦点。别的孩子对他都有一定程度的敬畏，尤其是年纪比他小的孩子。

考虑到西赛的年龄，教育似乎不太可能在他的未来发挥进一步的作用了。他似乎需要一定程度的指导才能从事某些有意义的工作。

教师 G. 霍尼伯恩（G. Honeybone）

1984 年 7 月 19 日

"与表现自身能力完全无关的行为"意味着我会高高兴兴地把足球踢给另一个技术不太好的运动员（毕竟要有体育精神嘛），而不是抓住机会自己带球向前冲。我看过工作人员是怎么跟我们一起踢球的，所以很清楚他们踢得多么有侵略性和攻击性。在我看来，他们是在解决自己的心理问题，而我们只是炮灰。看到他们像在和成年人踢球一样，狠狠地用剪刀脚铲倒孩子们，我真替他们感到丢脸。太恶心了。我告诫自己不要在意，把自己训练成冷漠的人。许多男孩在运动过程中享受到了自由，但我看到的却是那些大人在享受伤害孩子们的过程。让他们去踢吧，管他呢，我心想。这些人可以禁

锢我们的躯体,却无法禁锢我的想法。

到了夜晚,宿舍的门会被锁上,只有睡觉的这段时间我们不会被监视。但由于我们的房间里有红色的夜灯,因此我们无法透过宿舍门上的夹丝玻璃看到外面,在夜里值班的工作人员却可以看到房间里面。

宿舍里的这些男孩从11岁到18岁不等。当我们熟睡的时候,在夜里值班的人看来,我们是什么样子的?一群十几岁的男孩躺在枕头上,用手把床单拉到脖子下面,嘴巴微微张开,夜里微弱的光让我们的睫毛在脸上投射出暗影。

在伍德恩德也有女性员工,她们在男人们的眼皮底下干活,但她们被夺去了本能。我40多岁之前睡觉时总会做噩梦,感觉自己仍被监禁在伍德恩德。查尔斯·狄更斯(Charles Dickens)也曾隐晦地描述过同样的遭遇,当时,他的父亲被关进了债务监狱①,随后他发现自己被困在一个和伍德恩德类似的福利机构——济贫院里。狄更斯曾写道:

> 那种被完全忽视和绝望的感觉深深地印刻在我心底,我对自己的处境感到羞愧,我幼小的心灵时刻遭受痛苦的折磨。这一切都让我深信,日复一日,所有我学到的、想到的、令我快乐的,所有激发我想象和让我努力效仿的,全都在一点点从我身边消失,再也无法挽回、无法被记录。

---

① 英国债务监狱的设立初衷是解决商人之间的拖欠债务问题,旨在通过拘禁债务人来迫使他们偿还债务,1869年,英国颁布《债务人法案》(Debtors Act 1869),彻底叫停逮捕并拘禁债务人的做法。——编者注

我所有的天性被这种想法所带来的悲伤和羞辱所淹没，以至于即使到了现在，我也常常在梦中忘记自己有亲爱的妻子和可爱的孩子。即便我早已成为一个顶天立地的男人，我也总是凄凉而绝望地徘徊在我年幼的那段时光……

伍德恩德是一场令人难以想象的噩梦，而这个噩梦又引发了无数的噩梦。遇到这种情况时，人们很自然地会怀疑这一切是否真的发生过。多年后的2013年，我在博客上写了一篇关于伍德恩德的文章，当时并没想过随后会发生什么。许多人看到之后都纷纷回复，向我伸出了关怀之手，这结果真出乎我意料。

2014年11月15日15：57分，凯文（Kevin）回复道：

我12岁的时候，母亲生病住院，我被市议会扔到了那里。我从未遇到过麻烦，也从未联系过警方，但当我离开那个地方时，我的心早已支离破碎，并且我后来始终没有走出阴影。这番遭遇影响了我的一生，影响了我生命中的一切。今天，我联系了威根市议会和曼彻斯特警方，我也要为自己发声。在过去的20年里，我一直在辛苦养家，送我的两个孩子上大学，并且有了自己的事业，但我仍过着噩梦般的生活，我与抑郁症及酗酒持续不断地斗争着。我自卑，还有自毁性愤怒。不过我是个幸运儿。真正的弱者和无能之辈是那些虐待我们的人，而不是我们自己。

2015年2月8日12:49分，里基·梅斯（Ricky Mayes）回复道：

我的人生跟其他人都不一样，一辈子都反反复复地进出精神病院，因为小时候在学校的数学课上，我的头撞到了黑板，昏厥了超过24小时，却没一个人给我叫医生。曼彻斯特警方当时立即进行了调查。我当时和你一样，只是个无辜的孩子。如果你想联系我，随时都可以。希望我能找到1977年给我上数学课的那个老师，我希望他和其他所有那些曾对伍德恩德里的孩子们施以身体、精神虐待的工作人员都能够被绳之以法，也希望所有曾在那种病态管理下遭受凌辱的人能够站出来，团结一致，为自己发声。

2014年5月10日12:26分，尼克（Nick）回复道：

1979年至1981年间，我一直住在伍德恩德。其中一名工作人员是个恃强凌弱的人。到那里的第二天，我第一次和大家一起踢球——那也是我遭受欺凌的开始。我被迫脱光衣服，并被"检查"隐私部位（那个人当时就是这么说的）。有一次，我拒绝喝粥，因为我不喜欢他们用的那种有粉红色包装的低热量糖，我想要普通的糖。于是，等餐厅里的人都走光之后，我被他拉到了后面，他一把将我的脸按进粥里，强按着不让我动，直到我同意喝粥为止。我的脸被热粥烫伤，过了两周才好。

一次，在我的个人情况讨论会结束几个小时后，我和工作人员发生了激烈的争吵，因为我被告知可以在妈妈离开前见她一面，跟她谈谈，但他们从来没让我见过她。其中一个人把我推到他办公室外走廊的墙上，使劲捏我的下体，而且力道越来越大，仿佛永远也不会撒手。我疼得忍不住吐了，吐得他夹克上满是污秽，于是他狠狠地揍了我一拳，我倒在地板上痛苦地呻吟。第二天，他告诉我，如果我敢把昨天的事情告诉别人，我就永远都回不了家，见不到我的父母了。他威胁我说会永远把我扣留在伍德恩德，不让我出去。我信了他的话，因为那时我才14岁，依然懵懂无知。在伍德恩德期间，我每周至少会遭受一次殴打。后来，我从伍德恩德被转移到了位于绍斯伯特市伯克戴尔的圣托马斯摩尔。

那里的管理没有伍德恩德那么严格，但施虐情况更严重。一名工作人员会定期给我"检查身体"，包括"检查"隐私部位。

2015年2月10日6:44分，科琳·坎德兰（Colleen Candland）回复道：

我丈夫从10岁起就被收容了。伍德恩德是一家福利收容所，他曾两次被送到这里。他身上有很多伤痕，都是恶意且极其暴力的殴打所致。他也曾从伍德恩德出逃，直接从宿舍的玻璃窗跳了下去，结果被碎玻璃刮掉了一大块皮肤。9个小时后，他在一家破旧的工厂被抓住了。他被警察带到医院为手上的伤口缝针，然后被送回了伍德恩德。

只有恐惧才能驱使这么小的孩子跳窗逃跑、躲避暴行。他的整个童年都是在收容所里度过的，并且最终跟许多那里的孩子一样，以入狱为终。但情感上的伤痛仍然深深地埋藏在他心里，永远也无法被抹去。他亲身经历过工作人员在收容所实施的残忍暴行，并从未忘记过那些人的脸和名字。

从积极的方面说，他独自打拼，创造了自己的生活，并找到了幸福。现在他是一名驯鹰师，还悉心养了不少鸟和狗，他把自己的爱和关怀给了这些小动物，当你知道他的灵魂中埋藏着多少痛苦时，你就会感受到这种爱和关怀是多么美好和宝贵。他不会与警方或当局的任何人聊这些事，因为他不想揭开自己的伤疤，但他的确跟我说过他幼年时的恐怖遭遇，并同意我把这些事情告诉你。因为他看了你的那篇文章，也读过你的诗和其他文章，并对你所讲述的一切都感同身受。

伍德恩德是个充满暴力和邪恶的地方，那里的人几乎都毫不掩饰地认为男孩们需要得到教训。他们所谓的短期剧痛休克疗法其实就是虐待的代名词。在体育馆里，他们强迫我们玩"杀人球"游戏。当玩这个游戏的男孩们争斗时，我看到那些男人——那些工作人员兴奋地大叫。他们让争斗继续，直到他们看够了为止。然后他们会说："行了，你们两个赶紧分开吧。"随后，他们就会盯着淋浴的男孩们瞧。

其中一个男孩因为长相出众而被强行拖走，甚至连澡都不让洗。我问别人他要被带到哪里。我旁边的男孩小声说："你觉得能去哪儿呢？他可要遭殃了。"

"去哪儿？"

"体育馆。他们喜欢到那里去……之后他会被送到一个安静的房间里。"

所谓"安静的房间"，就是一间有软垫的牢房。

你17岁的时候在做什么呢？

第二十九章

做奔向大海的河流,
做迎着光的湖泊,
心怀温暖,如拂晓般明媚,
做守护我的卫星。

我努力保持冷静和理智,尽量不让那些男人把我的头砸瘪。许多年之后,我的社工米尔斯在英国广播公司的一部电视纪录片中对我说:"你是不应该被送到那里的,莱姆。"他还告诉我,他的同事感到抱歉,因为他们对此也无能为力。一切都要归咎于社会服务部的部长。

在伍德恩德,我留了脏辫,每天晚上都会搓我的非洲头发。我每天还会在休闲娱乐时间写作,自从我被收容之后,就一直在写诗。我冲着自己的目标奋力前进。在攀登险峰的过程中,这些诗歌就是我插在山上的旗帜,描绘着我的行进轨迹。你也许会觉得这一切都太疯狂了,简直令人难以置信,其实我也是这么想的。在我写作的过程中，我的想象力不受任何限制，没有边界，完全自由。我的头发变成了一大簇搓好的辫子，它们渐渐变长，垂下来成了一顶由脏辫构成的发冠。

这是一份来自社工诺曼·米尔斯的评述报告，内容如下：

> 诺曼正在努力适应伍德恩德的管理制度，但他对此并不满意。那里的工作人员总是没完没了地让他在户外干各种活，不许他独自外出。诺曼对那些工作人员还算有最起码的尊重，他觉得那些人对待他非常"直接"。不过他更喜欢别人以诚相待，尽管这样会让他很痛苦。诺曼仍然坚持表示希望能在个人情况讨论会结束后尽快离开伍德恩德。
>
> 我已经向诺曼解释过，我觉得他最好还是生活在一个半独立的住所里，比如青少年招待所，在那里也许他可以拥有一个单独的房间。遗憾的是，那样就意味着诺曼不得不离开威根，而且也需要当局的资金支持。诺曼不确定自己的想法，但他显然对被转移感到焦虑。
>
> 我已和库克医生以及住宿主管罗伯茨先生讨论了诺曼的未来。库克医生认为诺曼没有足够的安全感，无法独立生活，并认为这样的举措可能会导致他变得抑郁。同时她也在一定程度上同意我们的看法，即在青少年招待所半独立生活最适合目前的诺曼。库克医生还给了我一份曼彻斯特年轻黑人的名单，他们都来自莫斯赛德圣玛丽斯街的阿巴辛迪合作社（*Abasindi*

Co-operative），库克医生还让我帮忙为诺曼安排与这些人见面，她现在无法参加即将在伍德恩德举行的诺曼的个人情况讨论会。

罗伯茨先生清楚，在曼彻斯特的青少年招待所里很难帮诺曼找到住处，但他认为，如果库克医生在个人情况讨论会上提出这样的建议，当局会听取的。

我给莫斯医生的诊所打电话，解释说诺曼今天不能赴约了，因为他的情况有变。我也打电话给卫生与社会事务部（D.H.S.S.），向其解释了诺曼要换住处。卫生与社会事务部希望诺曼去他们在雷伊的办事处填写表格，确认他目前的生活状况，随后我便开始与伍德恩德的工作人员商议此事。

高级社工 诺曼·米尔斯
1984年7月17日

参加了诺曼的个人情况讨论会，诺曼本人也在。详情请参阅文件中的完整会议报告。在会议之前，诺曼告诉我，伍德恩德的某些工作人员曾提议让他外出工作或继续接受教育，同时可以保留他在伍德恩德的床位和房间。诺曼愿意接受这个提议，并且坦承他仍然对离开威根地区而感到不安和忧虑。因此我们在会议上充分讨论了这个提议，并将在不久后采取进一步的行动。

1984年7月25日

> 送诺曼往返库克医生的诊所。他之前请求留在伍德恩德，现在想法有所改变。但我已经跟他解释了这件事需要进一步讨论，并让他耐心等待。我已经为他安排了 7 月 30 日在卫生与社会事务部的约谈，他现在对自己有足够的信心，觉得可以独自面对了。
>
> 1984 年 7 月 26 日

彭妮·库克发现了关于 NAYPIC 和阿巴辛迪合作社的信息，该合作社是曼彻斯特莫斯赛德的一个黑人女子剧团。她把这些信息转给了诺曼·米尔斯，米尔斯又把信息转给了我。

玛格丽特·帕尔（Margaret Parr）是一位意志坚定、说话轻声细语的女人，她常驻曼彻斯特，在 NAYPIC 工作。我给她写了一封恳求信。她成立了 NAYPIC 下的一个附属组织，名叫"黑人与关爱"。她是第一个来看望我的人。她千里迢迢从曼彻斯特来到这个封闭且丑恶的"监狱"看望我——一个她之前从未见过的陌生人。

按照规定，来访者都要签订访问协议。体育馆里摆着一排排桌子，工作人员站在房间的前后和两侧。我们这些男孩子列队走进来，站在各自的座位旁。"坐下。"听到这个我们便面朝前方坐着等待。与此同时，我们的访客在接待处经过安检后，会被护送着穿过走廊，来到体育馆入口处。

玛格丽特·帕尔看了我一眼，然后坐了下来，在她的包里翻找了一通，然后拿出一小盒葡萄。那是我向她要的。她是第一个能看到我在伍德恩德深受伤害的局外人。我是个没有成功的实验品，我有证据，而她毫不犹豫地相信了我。

"像我们这样的人还有很多，"她说，"全国各地都有。黑人孩子被领养或被收养，然后在12岁左右被抛弃，重新被扔回收容系统里。"她的肤色比我要浅一些，没有那么黑，不过她曾经也是被收容的孩子。

"这不对劲儿，"我说，"他们说我得待在这里，因为他们在等着把我重新安置，让我住进一间公寓里。但我已经等了很久，这里根本就是一座监狱。"

玛格丽特看得出这一点。"小心，别让他们给你下毒。"她小声说。

见完访客后，男孩们在体育馆里排好队离开。他们中的一些人可能刚刚才见过父母或兄弟姐妹。接着，我们脱得只剩下内衣，准备接受搜查。

玛格丽特给我带来一本书，是鲍勃·马利的传记，作者是蒂莫西·怀特（Timothy White）。我读过欧内斯特·卡什莫尔（Ernest Cashmore）为鲍勃·马利写的传记，但这本书比那些好多了。一到休息时间，我就打开它来读，它让我对马利有了更深的了解。原来他是出生在牙买加的黑白混血儿，依靠自己无与伦比的才华，征服了特伦奇镇[①]所有原本鄙视他的人。我越看这本书，就越能理解和体会他内心的痛苦，并越了解他。可我越了解他，就越看不懂他，因为他是个天生的神秘主义者。

玛格丽特告诉我，她的组织即将举办两场会议，一个是"黑人

[①] 特伦奇（Trenchtown）是位于牙买加首都金斯敦的一个贫民区小镇。——译者注

与关爱"组织的会议,另一个是在牛津的罗斯金学院召开的 NAYPIC 会议。我想参加,但当局说我只能二选一,而且没有给出任何理由。

这份档案依然是社工诺曼·米尔斯的记录,内容如下:

今天去看望诺曼,并与诺曼和麦基先生进行了充分的讨论(由于我因病缺勤,探访日期被推迟)。我们达成了一致,决定下周由麦基先生与副部长波因特先生讨论以下事宜的可能性:

1. 给诺曼在伍德恩德单独安排一间屋子住;

2. 同意诺曼参加在牛津举行的 NAYPIC 会议(1984 年 9 月 28 日或 9 月 30 日),以及 10 月 20 日在伦敦举行的另一场为期一天的会议(黑人与关爱组织);

3. 允许诺曼在伍德恩德开展下水道清洁业务,这涉及保险、当局的责任等问题。

诺曼对这些方案相当满意,不过,他仍对自己在评估期结束后没有出入伍德恩德的自由而感到不满。我很理解并同情这些孩子的处境,也希望当局能够尽可能让伍德恩德解除对诺曼的常规管制。

1984 年 9 月 14 日

跟伍德恩德的贝里先生通了电话。他说与波因特先生讨论的三个问题结果都很令人满意,并将立即交由高级管理层商讨和裁决。与此同时,诺曼正在整理保险估价信息并印刷宣传单,为自己创业做准备。

<u>1984年9月19日</u>

与库克医生讨论了诺曼目前的情况,库克医生听说事情的发展后感到很高兴。诺曼之前显然一直在向她表达他在伍德恩德的各种失落和沮丧,以及对推迟个人情况讨论会的失望。

高管层今天告知地区执行官萨姆纳先生,允许诺曼参加两场会议的其中一场,但我对这两场会议不太了解。当局希望知道他将会参加哪一场。我今天去探望诺曼,把选择权交给他。

尽管我解释了上级的指示,但诺曼仍然坚持希望两场会议都能参加,还问我管理层作出这个决定是不是因为资金的问题。我对此并不确定,但我还是想让他意识到参加为期一天的会议会面临许多实际问题,且这会令当局担忧。诺曼希望参加这周末在罗斯金学院举行的会议,于是我跟诺曼和麦基先生讨论了一下后续的安排。诺曼打算和来自曼彻斯特的玛格丽特·帕尔一起去,于是我们讨论了如何联系她,并确认了所有的安排事项。

我没有关于这场会议的任何介绍或说明,不过麦基先生有之前另一次会议的文件(他保留了下来)。他和我在处理这一问题上有些分歧，而且由于我所有的信息都是二手或三手的，因此我们之间的分歧更大了。

不过，我说我会跟诺曼确认所有安排，并将于9月27日前帮他递交出行证。

1984年9月25日

已向伍德恩德递交了出行证，并联系了玛格丽特·帕尔，她已经确认了自己和诺曼的行程安排。我从她那里得到了会议组织者的名字和电话号码。于是我立即致电给NAYPIC伦敦分部和布拉德福德（Bradford）总部，虽然没能联系到主要组织者利昂·帕克（Leon Paker）先生，但NAYPIC总部说他们会把一切都安排好，还说他们会寄一些资料过来，无论如何，NAYPIC都竭诚欢迎更多的人到来。

1984年9月27日

收到了NAYPIC寄来的资料。

1984年10月1日

> 收到了NAYPIC寄来的信，信中明确表示诺曼在会议上大放异彩，表现得十分出色，并对他的诗歌予以高度赞扬。
>
> 　　　　　　　　　　　　　　　高级社工 诺曼·米尔斯
>
> 　　　　　　　　　　　　　　　1984年10月9日

感谢上帝派这些团体和组织对当局施以压力。如果不是NAYPIC、"谁关爱你""黑人与关爱"和阿巴辛迪合作社等这些组织，我不确定我如今是否还能安然地活在这世上。

来自英国各地的儿童之家、寄养家庭和寄养机构的青少年出席于牛津开办的NAYPIC会议，能和这么多与我有相似经历的人待在一起，真是太令人激动了。

这是一封由会议方查理·梅纳德（Charlie Maynard）先生寄给社工诺曼·米尔斯的信件，内容如下：

> 亲爱的米尔斯先生：
>
> 　　希望你已收到周末在牛津罗斯金学院举办的那场会议的相关资料。某姆认为这次会议对他非常有帮助，还参加了视频研讨会和综合讨论会。他的诗歌写得很棒，值得为之骄傲。我希望他能继续写下去。
>
> 　　我向他提到了我们即将在曼彻斯特举行的会议，希望他能参加，因为他对此很感兴趣。请参阅随附的详细信息。

他一定想参加1984年10月20日举行的"黑人与关爱"会议，这次会议的确非常有价值。

如果需要我提供任何进一步的帮助，请随时与我联系。

致以最诚挚的问候。

北方区拓展主任 查理·梅纳德
1984年10月3日

"黑人与关爱"组织的会议则完全是另外一回事。

与社会服务部的部长就莱姆去伦敦出席为期一天的NAYPIC会议进行了沟通。会议于1984年10月20日上午10点左右开始，晚上会举办迪斯科舞会。NAYPIC的组织者似乎很希望莱姆能出席会议。部长认为，如果莱姆愿意，他可以出席，但必须记住莱姆由当局负责监护，因此我们必须充当父母的角色照顾好他。莱姆不可能在一天之内往返伦敦。因此NAYPIC必须向我们保证为莱姆安排10月19日（星期五）和10月20日（星期六）晚上的住所，并护送他往返车站，确保他能于10月21日（星期日）安全回伍德恩德，这样我们才能允许莱姆出席会议。

1984年10月19日

当局最终还是允许我参加了 1984 年 10 月 20 日举行的"黑人与关爱"会议。这是个历史性的时刻——第一场为被收容的黑人孩子举行会议。这次会议上播放了"黑人与关爱"组织的视频，来自英国各地的许多社会服务部门都看到了。我兴高采烈地回到了伍德恩德，刚一回去就又被脱光了衣服搜查身体。

第三十章

光如何与河流倾谈,
河水如何拥揽夜色,
春天如何抚慰冬季,
我们也应当如何言说。

我一直有个计划。伍德恩德的整个系统都是靠男性以特权来维持的。我因为"表现良好"也获得了"特权",这就意味着我可以在无人监视的情况下在员工之家车道两旁的花园里挖土。于是我抓住机会,趁人不备逃到了阿什顿市政厅的住房部办公室。我挺直了身子,走向接待处。

"你好,我想见住房部主管,可以吗?我有很紧急的事情。"我露出了最灿烂的笑容。

"你叫什么名字?"

"彼得……"我看到记事板上有一张苏格兰皇家银行的宣传单,

于是答道,"彼得·班克斯①(Peter Banks)。"我觉得这个谎言糟糕透了。

最终,我被人从等候室请了进去。

"我叫莱姆·西赛,不叫彼得·班克斯。我要告诉你,我住在伍德恩德,你知道伍德恩德吗?他们说他们在等着给我找住处,但我不应该待在那里。我没有家人,那里简直就是一座监狱。我的社工会把我的一切情况都告诉你的,你愿意跟他谈一谈吗?他叫诺曼·米尔斯,他会把所有情况都告诉你的。"

我暗暗记下了这个人的电话号码。

"我现在得赶紧回伍德恩德了,不然肯定得挨罚了。我希望你能和我的社工谈一谈,我偷偷跑出来,来这里见你,就是为了这件事。我要让你知道,我没有做错任何事。"

他虽然感到很惊讶,但态度很友好。他聚精会神地听我说话,并告诉我他会尽全力帮我。只不过他现在不能作出任何承诺。后来我再也没有见过他。

我试着用应对心理医生的那个办法给这个系统施压,以推动这件事的进展,这样我就能摆脱它了。当时并没有人告诉我,我的举动起了作用,但一切都被记录在了我的档案里。

> 诺曼已经向阿什顿住房部寻求帮助,想要申请政府廉租房。他给人留下了非常好的印象。威尔逊(Wilson)先生已经就此事联系了地区执行官萨姆纳先生,也安排了我与威尔逊先生沟通。

---

① "班克斯"(Banks)与英文中的"银行"(bank)几乎同音。——编者注

威尔逊先生在与我交谈时亲口确认，尽管诺曼年纪还小，但可以为他提供廉租房，理由有如下三点：

1. 他的情况特殊；

2. 在他18岁之前，他始终有担保人；

3. 有足够的证据可以支持他的申请。

关于第三点，住房部希望我能给他们寄一封信，说明我们相信诺曼有能力住廉租房。我对第二点提出了疑问，威尔逊先生说担保人可以是朋友，也可以是亲戚，不一定非得是当局的工作人员。诺曼很有可能在今年圣诞节前就可以搬进新住处。

高级社工 诺曼·米尔斯

1984年10月19日

我回到了伍德恩德，又被脱光了衣服搜查身体，之前享有的特权也被收回了。这下我再也不能脱离监视，在花园里翻土了。

地区执行官萨姆纳先生分别于1984年10月的26日和29日，致信给社会服务部助理部长和住房部主管，讨论关于我的事情。

亲爱的先生：

诺曼·格林伍德（又名莱姆·西赛，出生于1967年5月21日）自1984年6月以来一直住在伍德恩德。如今他已17岁半。显然，我们现在应该为诺曼做的，不是帮助他为离开收容系统做准备，而是帮助他重新找一个住处。

诺曼主动联系了阿什顿的住房部，填写了一份住宿申请表，并得到了许多鼓励。

应住房部的要求，诺曼写了一封信，详细说明了自己的情况，他的社工也与阿什顿住房部的威尔逊先生进行了沟通。诺曼可以找一个私人担保人，无需我部门出面。然而，诺曼对伍德恩德越来越没有耐心，而且由于伍德恩德方面对他的住所安排问题迟迟不予以回复，他更加愤怒。因此我想询问一下你是否可以跟住房部的代表直接联系，以推进这件事的进展。诺曼现在自己创业，在可预见的未来，其生意的商业前景应该相当稳定。他想进一步独立，因此他接下来要做的就是尽快解决自己的住所问题。在诺曼18岁后，我们会继续让社工帮助他——只要他觉得有必要。

如果你能为这个孩子在住房申请上提供帮助，我们将不胜感激。

地区执行官 K.B. 萨姆纳
1984年10月26日

亲爱的先生：

我部门的高级社工米尔斯先生前几天致电给您的办公室，与贵部门的威尔逊先生讨论了莱姆·西赛（出生日期1967年5月21日）的住所问题。

您也许已经知道，实际上莱姆自出生之后就一直由我署收容照顾。他出生在威根地区，毕生大部分时间都生活在这里。一开始他与寄养父母一起生活在马克菲尔德的阿什顿，最近几年一直住在阿什顿当地的儿童之家。他是个非常聪明的小伙子，口齿伶俐，能说会道。就他目前的年龄来说，他已经算长大成人了。如果您能在不久的将来为他提供一套政府廉租房的话，我敢保证，他独立居住绝对没有问题。

因此我在此声明，我坚决支持莱姆向贵部门提出租房申请。另外，我还想表达，我部门愿意一直为这位年轻人提供支持，不仅是在他年满18周岁离开收容机构之前，而且包括在此之后——只要他愿意接受。如您所知，莱姆在这个国家没有血亲，因此他不可能在朋友或其他亲人那里找到住处。所以，我认为应该尽快为莱姆找到适合他的处所，这样才能最大程度地保障他的利益。

非常感谢您在此事上对莱姆的帮助。

此致！

地区执行官 K.B·萨姆纳
1984年10月29日

然而，威根社会服务部的部长 J.G. 波伊纳（J.G.Poyner）并没有采纳高级社工和地区执行官及住房部主管的建议，他阻拦了我申请廉租房的进程。

> 致戈尔本地区办公室：
>
> 已经收到贵方的便笺，我们也关注到了贵方为这个年轻人制订的未来计划。
>
> 我非常仔细地考虑了你给住房部主管的建议，即采取特殊方式处理此事，但很遗憾，我无法满足贵方提出的建议和要求。我认为，如果你能联系相关的住房经理，让他充分了解这个年轻人的过往经历、未来计划，以及可能需要的帮助和支持，才是最合适的做法。
>
> 如有任何进展，请联系我们的地区执行官和基层服务人员，告知其最新消息。
>
> J.G. 波伊纳
>
> 1984 年 10 月 31 日

我写这本书时才第一次看到这封信。1984 年 12 月中旬的时候，我终于搬进了自己的公寓——我的第一个家。那时候我已经 17 岁半了，住在阿什顿最新开发的住宅区，那里被称作"诗人角"。这套一居室的公寓位于考珀大道 21 号，周围有伯恩斯大道、布莱克大道、乔瑟·格罗夫街、济慈·克罗斯街、拜伦·格罗夫街、沃兹沃斯大道、布朗宁大道等街道。我住儿童之家的时候，这个住宅区还在建造中。

30年后，我突然收到了一封信，是阿什顿住房部的格雷厄姆·威尔逊（Graham Wilson）写来的：

> 估计你已经不记得我了，但如果你回想一下你在阿什顿"诗人角"的第一套公寓，也许能回忆起来，我就是当年在阿什顿市政厅帮你办理住房申请的人。你搬进那套公寓之前来找过我几次。我记得当时你遇到不少阻碍，因为你年龄还太小，没有资格承租房子，但我对你印象很深。从那以后，我一直在关注你，而且很高兴看到你过得开心，一切都很顺利。你如今得到的认可都是你应得的。你获得租约大约一年后，我离开了市议会（我从来不是个当官的料），但我始终记得你有多坚强，以及你做过的那些有趣的事，比如给前门刷上代表拉斯特法里教的颜色、在家里打保龄球，惹得楼下的邻居暴跳如雷！再比如你拿着梯子四处转悠、疏通下水道！尤其是有一次，你离开我的办公室后，我透过市政厅的窗户看到你朝骑摩托车的警察做了一个"捏鼻子"的动作，把对方气得够呛！

我在文件夹里找到了下面这份档案，里面有关于那次事件的一些信息。

给威尔逊先生去信,表明支持诺曼的住房申请。波因特先生还与萨姆纳先生就重新安置诺曼的问题进行了商讨。

<u>1984 年 10 月 29 日</u>

休假后返回工作岗位,发现诺曼将于 1984 年 11 月 19 日在雷伊地方法院出庭受审,罪名是"疑似有扰乱治安的行为"。有人说诺曼对一名骑摩托车的警察做了侮辱性手势,显然,警察对他进行了警告后离开了。然而,据说诺曼一而再再而三地做出侮辱性行为(但不确定是口头语言还是肢体语言)。

因此警察逮捕了诺曼,并对其提出指控。萨姆纳先生上周与福斯特中士交谈,解释了诺曼的肤色意识,这有可能是引发此次事件的根源(暗示那名警察对他说了"滚过来,黑小子"之类的话)。然而警方仍保留对其的起诉。我会在下周给诺曼打电话,在他出庭受审之前跟他见面。诺曼仍在经营他的生意,工作人员正在鼓励他为生意以后的发展购买自己的设备。

高级社工 诺曼·米尔斯
1984 年 11 月 5 日

我因"疑似有扰乱治安的行为"而被指控。庭审被定在了 1984 年 11 月 5 日。

诺曼正努力把自己的公寓收拾好——但仍缺少许多必需品。我已经告诉他，让他今天待在家里，因为从戈尔本地区运送来的一些物品会在今天抵达。我跟他约定下次见面的日期是1984年12月24日。

为休姆先生准备了一份报告，里面是萨姆纳先生在戈尔本地区办公室与其进行讨论的内容。我很清楚休姆先生仍然不会同意为诺曼提供补助金。

1984年12月21日

去诺曼的公寓探访他，但他不在家。

高级社工 诺曼·米尔斯
1984年12月24日

去了诺曼的公寓看望他。他一直在从卫生与社会事务部的海斯（Hayes）先生和阿什顿住房部的威尔逊先生那里领取补助金。当我告诉他高级管理层决定不给予他建立新家的津贴时，他感到非常失望。他仍然缺少一些生活必需品，比如厨具、窗帘杆、清洁用品和油漆等。我为他弄到了一台二手洗衣机，但还没有被运送过来。

诺曼正在学习精打细算地生活，至少他是这样认为的，因为他很快就把卫生与社会事务部的补助金花完了。

他打算尽快拓展自己的业务，并配合卫生与社会事务部，随时向他们通报自己的收入。他似乎还有十分忙碌的社交生活。本周他一直跟朋友们待在曼彻斯特，还加入了一个由有色人种组成的乐队，并且在陪伴他们"演出"的过程中与他们分享了自己创作的诗歌。他似乎很确定，与各种各样的人接触之后，他的诗歌很快就会出版。我原先一直担心他出现社交孤立的状况，但没想到他现在交到的朋友越来越多。我今天去他的公寓探访时，就看到他的两个朋友也在那里。

诺曼正在努力把他的公寓变成一个舒适的家，我认为他需要在这方面得到鼓励和支持。迄今为止，当局仍不为诺曼提供任何经济上的帮助，一分钱也不出。这看起来是一种目光短浅的做法。这个年轻人没有家人可以依靠，从小到大都生活在收容所里。从某种程度上来说，当局就是他的父母，也是唯一对诺曼负有责任的机构。我认为，如果我们不为他提供更多切实的帮助，他会对我们非常失望。我已与诺曼约好，1985年1月11日周五那天介绍新社工布莱恩·莫里斯（Brian Morris）给他认识。

今天我已与布莱恩确认了这一安排。

高级社工 诺曼·米尔斯
1985年1月8日

有人在公寓外给我留下了一份礼物。我不知道是谁送的。对我来说,这是件很合我心意的礼物——一台黑色的奥利维蒂牌(Olivetti)打字机,键盘是乌木材质的,每个键盘上都嵌着一个贝母材质的字母。

终章

做迎接黎明的那扇窗，
做那束光，做那片海洋，
做风暴后的那份宁静，
心怀豁达开放。

时光飞逝，18岁的我独自一人住在诗人角的一间公寓里。我收到了生母于1968年写的一封信，以及我的出生证明，上面写着我的名字：莱姆·西赛。之前我拥有过的所有名字——诺曼、马可和格林伍德——都是为了掩盖我的身份，抹去我生母的痕迹，抹去我的埃塞俄比亚血统而起的。

我的母亲是一个来自埃塞俄比亚的阿姆哈拉人。阿姆哈拉人的传统是给孩子取一个有寓意的名字。在阿姆哈拉语中，莱姆这个名字的含义是——为什么。

致谢

感谢杰米·宾（Jamie Byng）、弗朗西斯·比克莫尔（Francis Bickmore）、利拉·克鲁克香克（Leila Cruickshank）、梅根·里德（Megan Reid）以及卡农盖特（Canongate）一家。感谢克莱尔·康维尔（Clare Conville）、康维尔（Conville）一家和沃尔什（Walsh）一家。感谢埃塞俄比亚·艾尔弗雷德（Ethiopia Alfred）、乔·普林斯（Jo Prince）、安迪·金（Andy King）、萨莉·贝利（Sally Bayley）、詹尼·法甘（Jenni Fagan）、梅塞雷特·菲克鲁（Meseret Fikru）、马科斯·菲克鲁（Markos Fikru）、索菲·威兰（Sophie Willan）、戴夫·哈斯拉姆（Dave Haslam）和哈斯拉姆家族（Haslamites）。感谢乔（Jo）和汤姆·布洛克斯哈姆（Tom Bloxham）、惠特尼·麦维（Whitney McVeigh）、苏珊特·纽曼（Suzette Newman）、琳达·莱恩斯（Linda Lines）、马克·阿特伍德（Mark Attwood）、鲍比·伯恩（Bobbi Byrne）、彼得·利比、诺曼·米尔斯、汉娜·阿兹布·普尔（Hannah Azieb Pool）、海伦·潘克赫斯特（Helen Pankhurst）、阿卢拉·潘克赫斯特（Alula Pankhurst）、帕温德·索哈尔（Parvinder Sohal）、利博·马希尔（Lebo Mashile）、祖德·凯利（Jude Kelly）和卡罗琳·伯德（Caroline Bird）。